赤壁之戰．二氣周瑜

③

萌漫大話
三國演義

繪時光 編繪

野人

Graphic Times 48

赤壁之戰・三氣周瑜
3
萌漫大話三國演義

編　繪　繪時光

野人文化股份有限公司
社　　長　張瑩瑩
總 編 輯　蔡麗真
副 主 編　徐子涵
責任編輯　余文馨
專業校對　魏秋綢
行銷經理　林麗紅
行銷企畫　李映柔
封面設計　彭子馨
內頁排版　洪素貞

出　　版　野人文化股份有限公司
發　　行　遠足文化事業股份有限公司 (讀書共和國出版集團)
　　　　　地址：231 新北市新店區民權路 108-2 號 9 樓
　　　　　電話：（02）2218-1417　傳真：（02）8667-1065
　　　　　電子信箱：service@bookrep.com.tw
　　　　　網址：www.bookrep.com.tw
　　　　　郵撥帳號：19504465 遠足文化事業股份有限公司
　　　　　客服專線：0800-221-029
法律顧問　華洋法律事務所　蘇文生律師
印　　製　凱林彩印股份有限公司
初版首刷　2023 年 9 月

國家圖書館出版品預行編目（CIP）資料

萌漫大話三國演義 . 3, 赤壁之戰 . 三氣周瑜
/ 繪時光著繪 . -- 初版 . -- 新北市：野人文化
股份有限公司出版：遠足文化事業股份有
限公司發行 , 2023.09
　面；　公分 . -- (Graphic times ; 48)
ISBN 978-986-384-933-9(平裝)

1.CST: 三國演義 2.CST: 漫畫

857.4523　　　　　　　　　112014644

赤壁之戰・三氣周瑜

③

萌漫大話三國演義

第 1 章

聯吳抗曹

舌戰群儒

能夠跟曹操作戰的呂布、袁紹、袁術、劉表等人紛紛被曹操除掉，曹操的勢力越來越大。劉備與曹操作戰，也敗得一塌糊塗。

誰能與我老曹匹敵？

就剩下一個劉備和孫權。

嗯，張飛吃豆芽——小菜一碟！

曹賊，提我幹嘛？

要想逃脫不被曹操消滅的命運，劉備必須要聯合東吳的孫權共抗曹操。

東吳現在也是人心惶惶，孫權文有張昭，武有周瑜。這兩個人的意見對孫權非常重要。歸降曹操，孫權心有不甘。但不歸降又忌憚曹操的大軍。

* 小胳膊擰不過大腿：比喻力量差距很大，實力弱小的一方敵不過力量強大的一方。

力主抗曹的魯肅邀請諸葛亮前來東吳，諸葛亮欣然前往。魯肅希望諸葛亮能夠說服孫權聯手打曹操。魯肅見到孫權，彙報了情況。孫權吩咐明天先叫諸葛亮見見江東才俊，然後再議事。

都說孔明才華橫溢，叫他見識見識咱們也不是好惹的。

孫權手下的謀士以張昭為首，聽說諸葛亮來了，心裡都不服氣，老早都等在堂前。

等一下不用客氣，唇槍舌劍戰死他。

放心吧，用口水淹死他！

魯肅帶著神采奕奕的諸葛亮進門，跟大家簡單地介紹。諸葛亮一看這架勢，知道來者不善。他冷靜地打量四周，從容面對，不卑不亢地回答張昭的問題。

久聞先生高臥隆中，自比管仲、樂毅，莫非真有這麼一回事嗎？

劉備得孔明相助，想席捲荊襄，獨成霸業。本想如魚得水，卻變成了魚進湯鍋……

這只是在下生平小可之比，先生不必在意。

諸葛亮從容回答，指劉備不是真正的失敗。本來他們想取荊州和襄陽易如反掌，可是劉備不忍心與劉表同宗相殘，才讓曹操得逞。

我主屯兵江夏，有我們的打算。您就別鹹吃蘿蔔淡操心*了！

這……

*鹹吃蘿蔔淡操心：比喻多管閒事。

張昭看諸葛亮嘴巴很厲害，當眾奚ㄒ落起來：「你諸葛亮不是自比管仲、樂毅嗎？人家管仲輔佐齊桓公，獨霸諸侯。人家樂毅連下七十二城，堪稱興國濟世之才。再看看您都幹了什麼啊？」

枯坐草廬，笑傲歲月，先生，您瞧您這份出息。

哈哈，孔明先生真得撒泡尿照照自己了。

曹操五十萬大軍殺來，我主於博望火攻，白河用水，那曹仁、李典、夏侯惇ㄉ十萬兵馬片甲無歸。這樣的謀略難道不能跟管仲、樂毅相比嗎？

劉備沒得到你之前，還能割據城池。自打您這個喪門星*到了以後，新野丟了，樊城丟了，兵敗當陽，敗走夏口，什麼也沒有了。

那真是輸得乾乾淨淨啊！

* 喪門星：指使人不幸的人。

當陽路上，前有大江，二十萬老百姓追隨我主，我們是不忍心丟棄百姓不管，如此仁義之君，你們聽過嗎？換作是你們，是不是會丟下百姓，跑得比兔子都快？

張昭見說不過諸葛亮，退到一邊。他對其他人使眼色，意思是要群毆諸葛亮。虞翻一看諸葛亮還繼續說，就開始揭短。

諸葛亮，你們都輸得只剩下內褲了，不吹牛會死啊？

我們只有幾千兵馬，抵不過曹操的百萬之眾，退守江夏，伺機殺敵。不像你們江東，兵精糧足，還有長江天塹ㄑ，卻整天吵著投降。

緊接著，東吳這些謀士們七嘴八舌齊上陣，都來發難。諸葛亮輕搖羽扇，沉著面對。他慷慨陳詞，見招拆招，把張昭等人嗆得無言以對。

厲害啊！

諸葛亮舌戰群儒，一戰成名。

呆住—

智激周瑜

諸葛亮又利用激將法把孫權也說得動心了。孫權見張昭主張投降，想去徵求武將周瑜的意見。魯肅把周瑜從外地請回來，這下可就忙了。張昭等人前來試探周瑜的意見，想達成共識。

張昭這幫人前腳剛走，程普、黃蓋等武將後腳來見周瑜。武將們叫嚷成一團，都說要跟曹操決一死戰。

不一會兒，魯肅帶著諸葛亮來見周瑜。這是兩個人第一次見面，他們互相打量，都覺得對方氣度不凡。

曹操馬上南下，到底是和還是戰，主公不能決定。將軍有什麼想法？

周瑜告訴魯肅，曹操兵多將廣，東吳根本不是人家的對手。打是打不過的，只有投降才能保平安。

此言差矣，以將軍之英雄，東吳之險固，曹操未必有勝算啊。

周瑜和魯肅爭論起來，兩個人面紅耳赤，誰也說服不了誰，諸葛亮袖手旁觀，冷笑一聲。

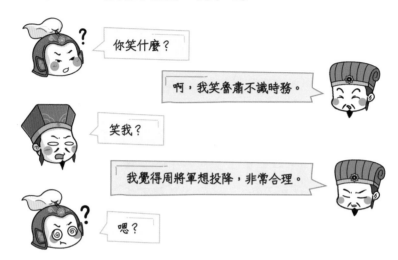

你笑什麼？

啊，我笑魯肅不識時務。

笑我？

我覺得周將軍想投降，非常合理。

嗯？

諸葛亮不慌不忙給周瑜和魯肅分析：曹操不好惹；周將軍是想保全妻子兒女，全家富貴，其他都是小事。周瑜一聽臉色就變了，魯肅暗暗佩服諸葛亮的機智。

什麼人就得什麼對待。

這小子的反話真難聽。

拐彎抹角地把事給辦了。

爲了緩解尷尬的氣氛，諸葛亮獻計，說不用送禮或打
仗，只要準備一個小舟，送兩個人去給曹操，曹操馬
上就退兵了。

諸葛亮告訴周瑜，曹操是一個好色之徒，
在漳河那建築了銅雀台，十分壯麗。他建
銅雀台是爲了江東的二喬。

諸葛亮繼續分析，要是周瑜能夠花點錢把這兩個女子
買來，給曹操一送，保證天下太平。周瑜當然不信，
諸葛亮就說他會背曹操兒子曹植寫的《銅雀台賦》。

周瑜聽完以後勃然大怒，跳得多高，指著北邊破口大
罵。

諸葛亮故意假裝不知道發生了什麼，問周瑜何故如此憤怒。

為什麼啊？

大喬是孫伯符主婦。

小喬是我媳婦！你等著，曹阿瞞，今個你說不打都不成！

哎呀呀，這曹操癩蛤蟆想吃天鵝肉啊！

孫權升堂，文官武將都來商量是和還是降的問題。大家都以為周瑜會選擇歸降，誰想到一肚子火氣的周瑜急了。

好，從今以後誰再提投降，我就先整死他！

我願決一血戰，萬死不辭！我們跟曹操誓不兩立！

周瑜的態度一夜之間大轉變，這叫文臣們始料未及。
張昭他們知道是諸葛亮搞的鬼，可又無計可施。

這個諸葛亮，
到處搞破壞。

周瑜雖然聽從了諸葛亮的建議打曹操，但是他心裡可
不喜歡諸葛亮。原因就是周瑜發現自己心裡想什麼，
諸葛亮都能夠猜到，這就很可怕了。

難道你是我肚子
裡的蛔蟲？

公瑾抬舉我了，
我哪裡敢鑽到您肚
子裡當蛔蟲！

後來，孫權的行爲果然完全如諸葛亮所料。周瑜認爲諸葛亮料事如神，必定是東吳的禍患。他不想放諸葛亮走，找來魯肅商量怎麼除掉諸葛亮。

周瑜是個小心眼，他不允許能夠看破自己心思的人活在世上。所以說只要諸葛亮活著，那周瑜就等於沒有隱私一樣。

☙ 草船借箭 ❧

周瑜下定整死諸葛亮的決心，就開始想辦法為難他。
次日，他召集諸葛亮一起議事。

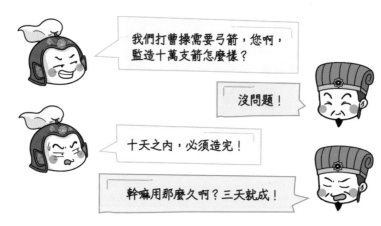

> 我們打曹操需要弓箭，您啊，監造十萬支箭怎麼樣？

> 沒問題！

> 十天之內，必須造完！

> 幹嘛用那麼久啊？三天就成！

本來想為難諸葛亮，沒有想到周瑜說什麼人家諸葛亮
就答應什麼。魯肅也看傻了，他能完成任務嗎？可是
看諸葛亮的認真樣子，又不像是開玩笑。

> 徹底槓上了！

> 軍中無戲言！

> 願立軍令狀！

諸葛亮立下軍令狀後就回去了，魯肅和周瑜卻覺得不太對勁。

將軍，孔明先生是開玩笑吧？

我還是去打探一下吧。

他自己找死，這回我可找到機會下手了。

魯肅匆匆跑去看諸葛亮。

孔明先生，你不能這麼吹牛啊！大話說出去，這是找死的節奏。

先生你得幫我，借我二十艘船，每艘船上要軍士三十人，船上都用青布為幔，各帶草束千餘個……

雖然不明白諸葛亮想幹什麼，但是魯肅這個人還是很講義氣，諸葛亮要的條件都幫忙準備好，而且還按照諸葛亮的意思，不跟周瑜說。

周瑜聽諸葛亮造箭竟然不需要材料，很是納悶。

三天以後看你還能不能神氣起來？

我們再說魯肅，他偷偷幫著諸葛亮準備好了船隻後，便去找諸葛亮。結果到那一看，鼻子差點氣歪了，諸葛亮在睡覺呢。

怎麼這麼悠哉呢？造箭啊！

魯肅耐著性子等了一天，第二天又去找諸葛亮，結果
發現諸葛亮正在喝酒呢。

第三日，魯肅再來催促諸葛亮，竟然又發現諸葛亮正
在看書呢。

魯肅心想這回算徹底完了，諸葛亮小命不保，我也回去睡覺吧。到了四更＊時分，諸葛亮來叫他。魯肅揉著矇矓的睡眼瞪著諸葛亮發呆，還勸諸葛亮，乾脆回去再睡一會兒，等天亮死期就到了。

起來取箭啊！

說夢話啊？你什麼都沒做，哪來的箭？

＊四更：凌晨一點到三點。

諸葛亮不由分說地將魯肅叫起來，帶他上船。魯肅迷迷糊糊，諸葛亮倒是全然沒有了先前的懶散，一聲令下，命人開船。

去哪啊？

去看看曹操。

29

二十艘船用長索相連，向北岸出發。這夜裡大霧瀰漫，長江之中，霧氣更重，對面不相見。

子敬，我叫人帶著酒菜呢。

你鬧吧！就當最後的瘋狂！

當夜五更 * 時分，船慢慢接近曹操水寨。諸葛亮命令
將船頭朝西，船尾朝東，一字擺開，然後下令軍士擂
鼓吶喊。

行了，我們喝酒，
他們打鼓亂叫就成。

曹兵出來一百人，
就能把我們給抓住！

* 五更：凌晨三點到五點。

軍士們拼命擂鼓吶喊起來，
諸葛亮鎮定自若飲酒取樂，
嚇得魯肅心驚肉跳。

我這小心臟啊！

31

卻說曹操在水寨中，聽到外面擂鼓聲聲，一骨碌從床
上掉下來。

哎呀，不可輕動，
這是有埋伏啊。
叫人射箭！

報，丞相，
大事不好，外面
敵軍來犯！

軍士趕緊傳令，曹營最厲害的弓箭手一共來了一千
人，不，還得加派援軍。叫張遼和徐晃也帶著弓弩手
前來支援。

對，對，多多益善，
一起放箭。

求救，求救，
請求支援！

一萬多曹軍聚集在一起，對著大霧的江面亂箭齊發。
諸葛亮早叫軍士把船逼近水寨，過了一會兒，又叫軍
士把船掉頭，繼續擂鼓吶喊。

箭如雨下，船上的草束插滿了箭。諸葛亮在船艙裡邊喝茶邊跟魯肅聊天。

我……怕箭座的……

兄弟，你是什麼星座？

曹軍射了一會兒箭，發現擂鼓聲音還是很響。他們更加心慌了，不顧一切地射起來。後來軍士都射不動了，一個個大汗淋漓的。曹操跑過來一看，江面上迷霧一片，看不清楚情況。

喂，有船嗎？

哎，船在啊。

這聲音怎麼這麼熟悉？你是誰？

你猜啊！

天漸漸亮了，太陽一出來，霧氣散去。諸葛亮命令船隻急回，二十艘船上的草束上密密麻麻插滿了箭羽。

曹軍水寨內曹操沒聽清楚，問張遼和徐晃是怎麼回事。

曹操知道上當了，可是船輕水急，諸葛亮的船隻已經追不上了。

望著草船上的箭羽，魯肅心服口服，諸葛亮叫魯肅數數夠不夠十萬支箭。

周瑜那邊一直探聽消息呢，得知諸葛亮一直沒開工，以為這下諸葛亮死定了。

周瑜趕到江邊，發現二十艘船上的箭羽。

諸葛亮哈哈大笑，把十萬支箭交給周瑜，周瑜搖頭嘆息，不得不服。

我命繫於天，公瑾焉能害我哉！

還哉什麼啊，周瑜將軍這回哉了。

歷史小百科

草船借箭的原型居然是孫權？

「草船借箭」是小說《三國演義》中體現諸葛亮智慧的精彩片段，但我們翻閱史書時會發現，歷史上並沒有諸葛亮草船借箭的事蹟，反倒是孫權有過類似的舉動。

《三國志注》引《魏略》記載：「孫權乘大船來觀軍，公使弓弩亂發，箭著其船，船偏重將覆，權因回船，復以一面受箭，箭均船平，乃還。」意思是，在濡須口之戰中，孫權乘坐大船來觀看曹操的水寨，曹操發現後下令放箭。飛箭將船的一側壓傾斜，孫權下令讓船調頭，以另一面受箭，結果船又恢復了平衡。

這是不是很有「草船借箭」的意思？不過在這段史料中，孫權並不是來借箭，只是來視察曹操的軍情。羅貫中肯定是覺得這段記載太有趣，就移花接木地安放到諸葛亮借箭身上，寫出草船借箭的故事。

歷史上有沒有舌戰群儒？

　　在小說《三國演義》中，諸葛亮來到建業城之後，第一件事就是舌戰群儒，將東吳一方的投降派說得啞口無言。但翻閱史書我們會發現，諸葛亮到東吳後，並沒有和這群文官發生激烈的辯論。諸葛亮所面臨的最大阻力，其實是孫權本人。

> 就憑一張嘴，打敗百萬兵。

> 有你這張嘴在，我就有了戰勝曹操的勇氣。

> 我是一個集勇氣與智慧於一身的男人！

　　當時孫權屯兵柴桑，坐觀成敗，並沒有要和曹操決一死戰的決心。諸葛亮一方面智激孫權，另一方面分析了曹軍的劣勢和孫劉聯軍的優勢，終於讓孫權下定要和曹操決戰的決心，促成孫劉聯盟共抗曹軍。這是諸葛亮初出茅廬後的第一大功績，從中體現出諸葛亮的勇氣和智慧，以及一位優秀外交家的人格魅力。

六朝

「六朝」是指中國歷史上的其中一段時期，從西元 222 年到西元 589 年，包含孫權的東吳、司馬家的東晉，劉裕的劉宋，蕭道成的蕭齊，蕭衍的蕭梁，陳霸先的陳朝，這六個王朝，相繼割據長江以南，因此統稱他們為六朝。這六個朝代都定都在建業，即今天的中國南京市，因此南京又被成為六朝古都。

這六個朝代都不算太長，而且相繼出現。放在中國的大歷史中，只能算夢幻一瞬。人們經常以此來抒發歷史變遷與亡國之意，因此詠嘆六朝成了中國詩詞的一種常見的意象。比如唐朝韋莊的〈台城〉一詩：「江雨霏霏江草齊，六朝如夢鳥空啼。無情最是台城柳，依舊煙籠十里堤。」宋代詞人王安石的〈桂枝香〉：「六朝舊事隨流水，但寒煙、衰草凝綠。」這些都是描寫六朝的經典詩歌。

雖然提起描寫六朝的詩歌，總會有一種哀婉之情，但不可否認的是，在六朝時期，由於北方長年戰亂，經濟和文化都受到嚴重的打擊；與此同時，在南方六朝就相對穩定，是亂世中的一方樂土，經濟和文化都有飛速的發展。當時的南京城也成為世界上第一個人口超過百萬的城市。

赤壁

折戟沉沙鐵未銷，自將磨洗認前朝。
東風不與周郎便，銅雀春深鎖二喬。

〔唐〕杜牧

　　杜牧是唐代的大詩人，以擅長寫絕句而聞名。在他的絕句詩歌中，又有大量的詠史題材。這些懷古絕句每首僅僅二十八字，但立意高絕，借古喻今，另闢蹊徑，意味深長，都是中國詩詞寶庫中的經典作品，因此杜牧的懷古絕句，被稱為「二十八字史詩」。

打敗曹操，保護東吳的美女。

保護大小喬，一定要打贏這場戰爭。

　　這首〈赤壁〉就是杜牧「二十八字史詩」中的代表之作，全詩充滿天才想像，假設赤壁之戰沒有刮東風，那麼孫策的妻子大喬及周瑜的妻子小喬就會被曹操擄走，圈養在銅雀台中，供自己享樂，這正是詩人以小喻大的絕妙之處，以二喬來警示戰爭成敗，以戰爭來描寫社稷興亡，又以此來抒發自己懷才不遇的心情。全詩即物感興，託物詠史，真乃千古絕唱。

二十八字，寫盡千古歷史。

第 2 章

赤壁之戰

❧ 苦肉計 ❧

話說諸葛亮草船借箭成功，叫妒忌心重的周瑜心裡更
加不是滋味。

周瑜心裡不是滋味，嘴上卻很客套。兩個人各自在手
掌心寫下跟強大的曹操開戰的對策。

江東這邊研究好怎麼對付曹操，另一邊的曹操也沒閒著。諸葛亮不費吹灰之力借走十多萬支箭羽，而這個「借」可沒說要還。曹操心裡窩火，很想挽回面子。

曹操馬上把蔡瑁的弟弟蔡中、蔡和給叫來，開始實施他的詐降之計。

曹操吩咐他們二人連夜帶人逃到江東去。

可以帶家眷嗎？

福利跟待遇怎麼樣？

叫你們去臥底，不是度假。
事成之後，必有重賞！

第二天，蔡中、蔡和帶著五百軍士，駕船悄悄奔南岸
而來。東吳的兵馬發現以後，攔住他們。

喂，我們不是來度假
的，我們是來……

是來投降的！真是
的，你差點把心裡
話說出來。

周瑜正在大帳內議事，聽說蔡中、蔡和兄弟來投降，
趕緊叫他們來見面。

周瑜表現得很高興，好言安慰，重賞二人，並且安排
蔡中、蔡和兄弟去甘寧軍中上班。

周瑜見二人喜滋滋地抱著禮物出去，吩咐甘寧密切關
注這兩個人的行動。

周瑜重賞蔡中、蔡和兄弟。魯肅急急忙忙來見周瑜並
極力勸說道，蔡中跟蔡和肯定是詐降，不但不能賞
賜，還要趕緊把他們抓起來。周瑜氣得不行，一頓怒
吼，把魯肅罵了出去。

滿肚子委屈的魯肅到諸葛亮那裡訴苦，沒有想到諸葛亮淡淡一笑，根本不接魯肅的話。

周瑜一直苦思如何破曹軍，夜晚也不休息。黃蓋來見周瑜，周瑜趕緊起身相迎。

第二天，周瑜升帳議事，吩咐各將領備三個月的糧草，準備跟曹操開戰。黃蓋站出來提出反對，還說根本阻擋不住曹軍，不如聽張昭的話投降。

文武百官一看，這仗還沒開始打，周瑜和黃蓋就先吵起來了。本來就缺兵少將的，不能臨戰之前斬了老將黃蓋啊！文武百官紛紛跪倒，為黃蓋求情。

哼，死罪免了，但是給我狠狠地打！

黃老將軍，您今天是喝醉了吧？

我早就看這姓周的小子不順眼！

左右兵士把黃蓋一頓毒打，打得黃蓋皮開肉綻，鮮血直流。兵士把黃蓋抬回本寨，黃蓋還昏死過去幾次。

黃老將軍，您何苦呢？

這小子太不像話，疼死我了……

黃蓋遭到毒打，諸葛亮一言不發。魯肅回來問他爲什麼不給黃蓋將軍說情，諸葛亮微微一笑。

你不知道這是周瑜打黃蓋——一個願打，一個願挨？

原來這又是計策？我又被蒙在鼓裡了？

黃蓋這頓毒打挨得結結實實，不少人都來看望他，而黃蓋只是低一聲高一聲地罵周瑜。參謀闞澤來探望，黃蓋馬上恢復精神。

我受吳侯三世厚恩，才獻上苦肉計。

將軍跟我說，是要我去曹操那裡送詐降書？

闞澤

密獻詐書

黃蓋早就把降書準備好，見闞澤答應，馬上交給他。
闞澤拿了書信，扮成漁翁，朝著曹操水寨而來。曹操
派出去的奸細蔡中、蔡和沒捎回情報，曹操等得很是
焦躁。聽說東吳的參謀闞澤來見，曹操十分驚訝。

你找我
有什麼事？

黃將軍被周瑜
揍了，他不想在
那邊幹了。

闞澤掏出黃蓋寫給曹操的書信，曹操展開書信看完，勃然大怒。

黃蓋用苦肉計，叫你來下詐降書。

哈哈……

你們這是要我啊。來人，推出去斬了。

曹操見闞澤大笑，感到納悶，趕緊叫住他問個究竟。

我都識破你們的陰謀詭計了，你怎麼還有臉笑？

我笑黃將軍看錯人了；我笑曹丞相根本不愛惜人才。

這……

曹操見闞澤面不改色，就說剛才是故意試探他的。曹操要給闞澤加爵，但闞澤不接受。這時，有人進來向曹操說悄悄話。原來是蔡中、蔡和的密信，寫了周瑜毒打黃蓋的事情。曹操這下徹底解除戒備，開始擺設酒席招待闞澤。

曹操要闞澤再回東吳給黃蓋捎信，闞澤故意推辭不回。曹操勸說，闞澤方才辭別出來。曹操送金銀，闞澤堅決不受。

闞澤回到東吳，把事情的經過都告訴黃蓋。黃蓋也感慨曹操的狡詐，要不是闞澤能言善辯，計畫就徹底泡湯了。黃蓋派闞澤去甘寧寨內探聽蔡中跟蔡和的消息。甘寧和闞澤當著蔡中、蔡和兄弟的面大罵周瑜毒打黃蓋的事。認真敬業的蔡中跟蔡和一聽，決定策反。

唉，我是敢怒不敢言。

黃將軍何罪之有？他竟然下此狠手。

實不相瞞，我們兩個是臥底。

蔡中跟蔡和表明身分，因爲他們是眞心想拉闞澤和甘寧入夥。四個人相談甚歡，商量好等到時機成熟時一起謀反。曹操接到蔡家兄弟的密報，說已經把甘寧和闞澤也拉攏過來，曹操大喜。

打入敵人內部的間諜越多越好。

闞澤也另外送修書一封，密報曹操說黃蓋要去投奔曹營，叫丞相做好準備，到時候看到船頭插著靑牙旗的就是黃蓋。

太好了。蔣幹，你趕緊再去探聽一下虛實。

得令！

曹

這個蔣幹是一個很神奇的人，他跟周瑜是好友，上回因為他偷走假情報，結果曹操誤殺蔡瑁。曹操也是個奇人，竟然再次派蔣幹去見周瑜。周瑜眼下最缺的就是曹操多派幾個笨蛋過來。

見到蔣幹以後，周瑜先發制人，劈頭蓋臉對他一頓數落，然後把蔣幹送到西山庵去。說是軟禁，實際上，周瑜在那裡給蔣幹設下了圈套。

周瑜早請鳳雛先生龐統在那裡等著蔣幹，龐統可是跟諸葛亮齊名的人士，憑蔣幹這樣的智商，如何鬥得過？這也是周瑜的計策，雖然火攻是好辦法，而且黃蓋也得到曹操的信任，問題是曹操的戰船比較分散，大火一來，船就散開了。蔣幹見龐統氣度不凡，他也挺敬業的，不忘隨時為曹操培養臥底。漫漫長夜，反正閒著也是閒著，不如聊聊天。

莫非您就是鳳雛先生？

龐統

唉，周公瑾看我有才，容不下我，把我打發到這裡來了。

蔣幹一聽，趁機向龐統遊說一番，想要多幫曹丞相網羅精英人才。於是，他誠摯邀請龐統一起加盟曹操軍團。

此地不留爺，自有留您處，曹丞相那裡的待遇高，有勞健保還有抽成。

真是不錯。

兩人越聊越投機，趁著天黑下山到達江邊，竟然順便就找到船隻逃跑了，也不知道為什麼這麼順利。

你看，越獄都這麼順利。

就是一個傻瓜！

✿ 連環計 ✿

這蔣幹全然不知上了當，帶龐統來見曹操。曹操一聽鳳雛先生來了趕緊迎接。龐統表現得很積極，跟著曹操視察水軍、陸軍，對曹操的排兵布陣大加讚賞，曹操心裡十分高興。

曹操大喜，請龐統喝酒。龐統突然想起一件事，問曹操有沒有好的隨軍醫生。曹操不知道這是什麼用意。龐統解釋說，水軍容易生病，得有醫務兵。不然又是暈船，又是嘔吐，水土不服容易影響戰鬥力。

曹操經龐統這麼一問，覺得真有道理。可是臨時培訓醫務兵也來不及啊！龐統獻計，要曹操把這些船以三十或者五十艘一排，首尾用鐵環連接，鋪上寬板子，馬都能在上面走，士兵們就不用擔心得病了。

來人，傳鐵匠，趕緊處理。

若非龐統連環計，公瑾安能立大功？

曹操得到龐統的計謀，心裡高興，在大船上飲酒，看到大江波瀾壯闊，竟然詩興大發，作了著名的〈短歌行〉。

曹操的才華橫溢，他不但是政治家、軍事家，還是著名的文學家和書法家，真是不得了。不過，在作這首〈短歌行〉的時候，還出現了一個插曲。

曹操一聽，舉起兵器把劉馥給刺死了。這是怎麼一回事啊！吟詩作對的文雅場合，曹操竟然大開殺戒。大家都嚇得不輕，曹操醒酒以後也很不好意思。

見曹操把大船全都連在一起，周瑜擔心的事來了，急得他口吐鮮血。養病時，諸葛亮前來探望，寫下十六個字的「藥方」給周瑜：欲破曹公，宜用火攻；萬事俱備，只欠東風。周瑜見瞞不過諸葛亮，只好把實情相告。諸葛亮當下自告奮勇，要去搭建七星壇借東風。這諸葛亮口氣夠大，不只能借來十多萬支箭，連東風也敢借？

一開始周瑜可不信諸葛亮，因為現在可是隆冬時節，
怎麼可能有東南風？但是，經過這麼長時間的相處，
魯肅對諸葛亮深信不疑。

說話間可真的起風了，周瑜嚇得不輕啊！這諸葛亮有
奪天造地之法，鬼神不測之術，要是留著他，將來肯
定是東吳的禍根。

周瑜派去的大將晚了一步。諸葛亮早就料到周瑜不能
容下自己，於是叫趙子龍來接他。趙子龍是常勝將
軍，沒有人敢攔他。諸葛亮成功脫險逃走，周瑜很煩
心，因為這個諸葛亮經常讓他失眠。魯肅趕緊勸說，
還是先打曹操，然後再對付諸葛亮。

69

周瑜見風來了，開始派兵將準備戰鬥。

蔡中、蔡和兩兄弟突然發現這幾天情況不妙，原本想脫身給曹操送情報是很簡單的事情，現在他們所帶的五百士兵全都消失了，兄弟兩人徹底被控制起來，周瑜還把他們綁住了。

兄弟，你們詐降，我早就看出來了。

啊？好狡猾啊，你利用我們。

還有闞澤和甘寧呢，我們四個是一夥的。

他們是我派去反臥底的特務。

防不勝防啊！

這蔡中、蔡和糊里糊塗就被殺了祭旗，做夢都沒想到自己從一開始就成為連環計的一環。

再說曹操水寨，探馬密報說黃蓋來投降了。曹操趕緊
出來迎接，老遠看到黃蓋的大船，曹操大喜過望。

可是已經來不及了，黃蓋一聲令下，二十多艘船點著
了火，火船借著風勢衝進曹操的船陣。

曹操的船都鎖著呢，根本無法逃避。曹操水寨一時間烈焰沖天，被東吳的火船燒得狼狽不堪。

曹操看見大勢已去，這才知道上當了。可是爲時已晚，曹軍水寨陷入一片火海當中。

我命休矣！

幸有大將張遼拼命救出曹操，一行人朝著岸口逃去。

曹操回目觀望，心裡一片淒涼。

唉！還是沒玩過周瑜和諸葛亮啊！

赤壁之戰，曹操其實是敗於瘟疫？

赤壁之戰是中國歷史上著名以少勝多的戰役，劉孫聯軍用五萬兵力打敗曹操二十萬大軍，奠定三分天下的局面。在小說《三國演義》中，赤壁之戰是由周瑜指揮，黃蓋獻策，然後一把大火燒走曹操。

但《三國志》卻有一則史料記載曹操給孫權的信中寫到：「赤壁之役，值有疾病，孤燒船自退，橫使周瑜虛獲此名。」曹操之所以將兵敗歸因於疾病，其實是因為當時曹軍感染了傳染病。因此也可能是為了避免傳染擴大，曹操才下令放火燒船。

蔣幹究竟有沒有盜書？

因為「蔣幹盜書」故事的流傳，蔣幹成了中國歷史上著名的丑角。在傳統戲曲裡，蔣幹的小丑臉譜也深植人心。那麼，歷史上的蔣幹究竟是怎樣的人？

我才不是小丑，我是帥哥。

老同學不坑人，以誠相待。

根據《三國志注》引《江表傳》記載，蔣幹「有儀容，以才辯見稱」。由此可知，蔣幹不但很有才，能說善道，還是一位帥哥。當時曹操的確派蔣幹去勸說周瑜投降，但蔣幹看到周瑜的人品與志向之後，就放棄了勸降的念頭。蔣幹非但沒有盜書，回去還向曹操讚揚周瑜的氣度寬宏，情致高雅。在歷史上，周瑜沒有陷害蔣幹，蔣幹也沒有詆毀曹操，兩人雖然各為其主，但遵從君子之交，各不相比。這和《三國演義》中蔣幹的丑角形象截然不同。

文武赤壁

　　「赤壁之戰」是中國歷史上著名的戰役，不但史料記載詳細，歷代也有不少歌詠這場戰爭的詩詞歌賦，還被編寫進小說戲曲裡，婦孺皆知。按理來說，這場戰爭的事發地點應該沒有爭議，但如今卻出現「武赤壁」與「文赤壁」的說法，這是怎麼回事？

　　這就要說到宋代的大文豪蘇軾。當時蘇軾因「烏台詩案」貶官黃州，這是他人生最困難的時刻之一。蘇軾性格闊達，生性樂觀，即便身處低谷卻不忘遊玩解悶。在貶官期間，蘇軾兩次泛舟至黃州赤壁，寫下兩篇以赤壁為名的賦，成為千古絕唱，即〈前赤壁賦〉與〈後赤壁賦〉。

心中有詩情，
無論對與錯。

蘇軾雖然文章寫得好，卻是一個路痴。歷史上赤壁之戰發生的地方位在今天的湖北省咸寧赤壁市。而蘇軾誤以為西南方的黃州赤壁就是當年赤壁之戰的赤壁，於是有了這一個美麗的錯誤。但由於蘇軾的〈赤壁賦〉寫得太好，因此人們就稱呼黃州赤壁為「文赤壁」，或者乾脆稱它為「東坡赤壁」；將赤壁之戰真實的發生地咸寧赤壁稱為「武赤壁」。

　　不管是「文赤壁」或「武赤壁」，如今都成為「三國文化」中重要的一部分，代表人們對歷史的尊敬及對英雄的讚揚。

雖然跑錯地方，但卻激發了創作靈感。

念奴嬌·赤壁懷古

大江東去，浪淘盡，千古風流人物。故壘西邊，人道是：三國周郎赤壁。亂石穿空，驚濤拍岸，捲起千堆雪。江山如畫，一時多少豪傑。

遙想公瑾當年，小喬初嫁了，雄姿英發。羽扇綸巾，談笑間，檣櫓灰飛煙滅。故國神遊，多情應笑我，早生華髮。人生如夢，一尊還酹江月。

〔宋〕蘇軾

蘇軾當年被貶黃州時兩次泛舟至赤壁，除了寫下前後〈赤壁賦〉外，還填了一首詞，即這首〈念奴嬌·赤壁懷古〉，同樣是膾炙人口的名篇。蘇軾當年寫這首詞的時候是四十五歲，而且還身處人生低谷，但在這首詞中卻沒有絲毫頹廢之態，展現出一種氣勢磅礴的英雄氣概。

全詞以「大江東去」開篇，既讚美大好河山，又引出英雄故事，真是神來之筆。赤壁之戰爆發時，小喬已經嫁給周瑜很久了，但詩人為了增加藝術的渲染力，通過「小喬初嫁」的描寫，使少年英雄與絕世紅顏的形象躍然於眼前。

老公，這首詞把我們的結婚日期搞錯了。

嘿嘿，我是故意的。

都怪蘇軾。

這首詞的最後，蘇軾又回到自身，表達雖然人生短暫，但還需放眼山河、超脫物外的感慨哲思。蘇東坡這種曠然襟懷和識度明達的人生態度，感染了每位讀者。整首詞氣象磅礴，格調雄渾，高唱入雲，其境界宏大，前所未有，是豪放詞中的代表之作。

第 3 章

三氣周瑜

⚘ 一氣周瑜 ⚘

周瑜是難得的大英雄，可是這位大英雄也有缺點，那就是小心眼，脾氣還大。尤其是遇到諸葛亮這樣的命中死對頭，周瑜要想不被氣死都難。赤壁之戰把曹軍打得落花流水，周瑜收軍點將，論功行賞。大犒_{ㄎㄠ}三軍以後，他想兵進南郡。

周瑜正跟眾人商議征進之策，有人來報說劉備派孫乾來送禮祝賀。周瑜趕緊把孫乾請到帳內說話。聽說諸葛亮和劉備都在油江口，這讓周瑜很驚訝。送走孫乾，周瑜召開緊急會議。

孫乾回到劉備處，說周瑜隨後要親自來致謝。諸葛亮早就看出周瑜的心思，告訴劉備該怎麼做。

周瑜和魯肅引三千精兵來見劉備，劉備叫趙子龍出來
迎接。周瑜見趙子龍軍勢雄壯，心裡忐忑不安。劉備
和諸葛亮熱情接待，劉備敬酒感謝東吳幫助打敗曹
操。

要是來硬的，未必能
夠打得過趙子龍啊。

都督要是不
取，那我肯
定要啊。

劉皇叔到這裡
來，是不是想
取南郡？

周瑜一聽，沒有想到劉備這麼泰然自若。他心想，南
郡已經在我東吳的手掌中，還輪得到你們啊？劉備搖
頭表示不屑，你們東吳要取南郡，有點困難。

哈，我要是拿不下
南郡，到時候任憑
你們去拿。

哎呀，子敬和
孔明你們可要幫我
作證，這話可是
周公瑾說的。

周瑜和魯肅辭別劉備，上馬而去。魯肅有些埋怨周瑜不該讓劉備取南郡，周瑜哈哈大笑。東吳兵馬取南郡不在話下，根本不會給劉備留機會。

我彈指可取南郡，這麼說只是給劉備一個虛假的人情而已，哈哈！

誰想到駐守南郡的曹仁一點都不好惹，周瑜派出的兵將，第一陣就被打敗了。

這還得了，我要親自上陣殺敵。

我帶兵馬去打彝陵，都督您打南郡，曹仁就顧不過來了。

周瑜這邊一行動，曹仁那邊馬上開始應對。甘寧攻打彝陵得手，不料卻被曹仁派大將圍在彝陵。周瑜不肯丟下甘寧，率領兵馬馳援。周瑜越戰越勇，把曹軍打得狼狽逃竄。周瑜引軍追至南郡城下，卻發現曹軍並不進城。原來南郡城是一座空城，城門大開，城牆上也沒人。

哈哈，鼠輩，都嚇得跑光了。

拿命來！

周瑜一馬當先帶著數十騎人馬衝進城來。剛進入甕
城，就聽到一聲梆子響*，兩邊埋伏的曹軍弓弩齊
發，把衝進來的兵將射得紛紛
落馬。周瑜躲避不及，
左肋中箭，翻身落
馬。城牆上的曹軍
大喜，想要捉住
周瑜。東吳兵將
拚死護衛，把中箭
的周瑜搶救出去。

疼死我啦！

* 梆子響：指古代召集群眾
或通報危險時，敲擊竹製或
木製響器所發出的聲音。

周瑜被搶回大營，趕緊找軍醫救治。箭頭拔出來；上
金瘡藥，傷口疼得周瑜連飯都吃不下。軍醫檢查以後
發現箭頭上帶著毒，暫時無法痊癒。還有，必須要注
意不能發火動怒，不然復發就有生命危險了。

千千萬萬，
不能動怒！

有點難，他們
不氣我才行。

大將程普叫三軍緊守各寨，不許輕易出戰。曹軍每日來陣前叫罵，程普按兵不動。他怕周瑜聽了生氣，不敢報告。

周瑜聽到寨前的叫罵聲，卻不見有人來報告，心裡知道是部將故意隱瞞。周瑜從床上躍起，披掛上馬，來戰曹軍。

周瑜帶領兵馬經過激烈廝殺，大敗曹仁，欲取南郡。
可是當他引兵到南郡城下，卻見城頭上站著一員猛將
趙子龍。

我奉軍師之命，
已經把南郡占下。
都督你來晚了。

周瑜氣壞了，指揮人
馬攻占南郡。趙子龍
也不客氣，命令開弓
射箭，周瑜只好退軍。

啊呸！
給我攻城！

攻不下啊！

周瑜回到大寨，趕緊布置人馬去搶奪荊州和襄陽。

甘寧，你趕緊去奪取荊州。

報，荊州已經被張飛拿下。

凌統，你去把襄陽占了。

報，關羽已經把襄陽奪走了。

我……無言了！

周瑜一聽，這肯定是諸葛亮出的主意。自己帶兵馬浴血奮戰打敗曹軍，卻沒料到被諸葛亮給算計，人家不費一兵一卒就把城池奪走。周瑜越想越來氣，「哎呀」一聲，口吐鮮血，金瘡迸裂。他氣得箭傷復發，卻非要馬上動兵去殺諸葛亮和劉備。魯肅趕緊勸說，分析現在不能跟劉備打起來的原因：我們才剛把曹操痛揍一頓，現在要是跟劉備鬧翻了，他們兩個人合夥的話怎麼辦？

我種樹，諸葛亮摘桃，氣死我了！

公瑾先忍耐，我去跟他們評理。不講理。我們再兵戎相見。

我們損兵馬、費錢費糧，他們圖現成的，缺不缺德？

智辭魯肅

聽說魯肅來訪，諸葛亮和劉備趕緊迎接。魯肅也不客氣，直接說明來意，那就是來要荊州跟南郡等地。

子敬，這地也不是你們東吳的啊，是人家劉表的。兄長去世，我們主公幫姪子劉琦守著呢。

那不對啊，要是劉琦占著城池，我什麼也不說。現在是你們把城池都占領了，這不是不講道理嗎？

諸葛亮不慌不忙，把劉琦當場請出來。魯肅一看吃了一驚，心想這兩個傢伙早就料到我要說什麼。魯肅連夜回到周瑜大寨，說明事情的經過。尤其說到一個細節：「那劉琦病入膏肓，離死不遠。等他一死，我就去找諸葛亮和劉備要回城池。」

天靈靈，地靈靈，劉琦馬上要不行！

不久，劉琦真的病死了。魯肅一直聽信對方，馬上去找諸葛亮和劉備討回城池。諸葛亮百般狡辯，就是不讓城池，還說要立下文書，待取了西川再還地。魯肅拿著文書大老遠地跑回來。周瑜一看，氣不打一處來啊。

過了一段時間，有密探來報告，說荊州城中軍士掛孝，是劉備的甘夫人去世。周瑜聽到這個消息馬上有了新的主意。周瑜趕緊給孫權修書一封，孫權有個妹妹叫孫尚香，可以假裝提親，把劉備弄到東吳來入贅，然後把劉備扣下，周瑜就不愁諸葛亮不交還荊州等地了。

孫權看了周瑜的書信，覺得這招很好，馬上叫呂範去找劉備提親。呂範到了劉備這裡提出婚事，劉備心裡其實是不敢去東吳的，可是諸葛亮鼓勵他去。劉備還是懷疑東吳那邊沒安好心，猶豫不決。諸葛亮安慰劉備，他已經準備三條計策，又派武藝高超的趙子龍保護，一定萬無一失。

周瑜就是想害我，所以才使出這壞招。

周瑜就算再聰明，也算不過我！

子龍，你可得放好錦囊，我的小命就靠這個了。

主公放心。

我這小心臟跳得好快……

建安十四年冬十月，劉備和趙子龍、孫乾坐快船隨行五百餘人，離開荊州奔東吳而來。劉備心裡忐忑不安，放不下心來。到了岸上，趙子龍打開第一個錦囊。諸葛亮的第一條妙計是擴大宣傳。趙子龍要隨行的五百人一點也別低調，出手闊綽，採買各種禮品，大家都別閒著，到處去講劉備來成親的事情。很快地，這門婚事在東吳城內幾乎人盡皆知。此外，劉備還親自帶厚禮去看望周瑜的老丈人，也就是二喬的父親喬國老。

把平時講閒話的潛力都發揮出來，到處去八卦。

是！我們一定盡力八卦。

꧁ 二氣周瑜 ꧂

喬國老聽劉備講完要成親的事情，趕緊去找孫權他母親吳國太賀喜，卻一下子把老太太給說愣了。吳國太心裡好氣啊，自己的閨女要出嫁，當娘的竟然不知情，趕緊把兒子孫權叫來問這是怎麼一回事。

娘，這是我和周瑜定的計策，不是叫妹妹真的跟劉備成親，就是騙劉備玩的。

我呸，你一個大都督，想什麼辦法不好，拿你妹妹當誘餌玩，還想玩劉備，我看你是玩自己。

娘，我把劉備殺了不就解決了？

豬腦子啊，你殺了劉備，現在滿城風雨，你妹妹就得守寡。

也是，周瑜出的招⋯⋯

娘，這可怎麼辦？

這樣，明天約劉備到甘露寺，我相看相看。要是滿意，就讓他娶你妹妹。不滿意，你們愛怎麼辦我就不管了。

孫權只好安排明天在甘露寺相看劉備。呂範見有機會，就給孫權出主意，叫手下賈華埋伏三百刀斧手。吳國太要是相不中劉備，就一起衝上去拿下劉備。

放心吧！刀和斧子都磨得發亮！

這劉備的年齡雖有些大，但是相貌堂堂，吳國太一眼就相中了，當下決定把女兒嫁給劉備。劉備跪地就哭，說著甘露寺到處是刀斧手，還娶什麼媳婦，馬上就被他們給殺了。吳國太一聽氣壞了，跳起來罵兒子孫權不孝，嚇得孫權戰戰兢兢地趕緊解釋。

大家好說歹說，才沒把賈華給宰了。刀斧手們嚇得四散而逃。很快，劉備跟孫夫人就成親了。有吳國太護著，劉備是安全無憂。孫權把事情經過寫書信告訴周瑜，周瑜心裡氣急敗壞，本來是想軟禁劉備，奪取失地，誰想到人家假戲真做，花好月圓了。

見劉備天天不提回去的話題，趙子龍按照諸葛亮的囑咐拆開第二個錦囊。他趕緊去找劉備，說曹操赤壁兵敗以後，現在要打荊州。孫夫人也通情達理，她和劉備商量可以假借祭拜劉備父母墳墓，悄悄離開南徐。孫權還在喝酒呢，根本不知道詳情。

軍師果然妙算。

孫權醒後才知道劉備帶著妹妹逃跑，程普說千萬不能放虎歸山，於是孫權咬牙下令追趕，見到劉備就殺了他們。孫權連派幾員大將追趕，周瑜也沒閒著，引兵來追。關鍵時刻，趙子龍打開諸葛亮交給自己的第三個錦囊，告訴劉備計策以後，劉備向孫夫人說出周瑜和孫權使用詭計的事情，孫夫人勃然大怒，下定決心跟隨劉備離開。

爾等吃了熊心豹子膽不成，誰敢阻攔本郡主，我馬上殺了他。

人家的家事，我們還是別管了。

周瑜追上的時候，諸葛亮、關羽跟張飛已經護送劉備遠去。諸葛亮叫軍士齊聲大喊，氣得周瑜慘叫一聲，傷口再次迸裂，昏死過去。

過了一段時間以後，魯肅去荊州找劉備，商量歸還荊州的事情。魯肅來了以後，劉備照常接待。喝酒喝到一半時，魯肅提出荊州城池的事情。劉備剛才還好好地喝酒吃菜呢，一聽魯肅說荊州，馬上放聲大哭。

三氣周瑜

諸葛亮趕緊走出來，跟魯肅解釋劉備這是重情義，當初我主人借荊州時，答應取得西川便還。仔細想來，益州劉璋是我主人之弟，都是漢朝骨肉，若要興兵去取他城池時，恐被外人唾罵；若要不取，還了荊州，何處安身？若不還時，面上又不好看。事實兩難，因此淚出痛腸。諸葛亮這番話一說，真觸動了劉備的傷心處，他馬上假戲真做，捶胸頓足、嚎哭不止。

哎呀，弄我一臉眼淚……

哇哇……我的命運啊……

魯肅沒有辦法，跟劉備也談不出結論，只要一提荊州劉備就哭，魯肅只好回來見周瑜。魯肅一走，劉備馬上恢復如初。

走了嗎？給我來隻雞腿補補眼淚。

魯肅見到周瑜，說明事情的經過，總之諸葛亮的意思就是再等一等。周瑜冷笑，說諸葛亮和劉備就是故意拖延。

劉備就是無賴，諸葛亮是流氓加無賴。

我是一點招都沒有了。

魯肅想去跟孫權彙報，被周瑜攔住。周瑜有妙計，諸葛亮和劉備不是一直說取了西川就交還荊州嗎？好，那我周瑜替你把西川打下來，看你們兩個無賴還能怎麼說。

周瑜大笑，說打西川不過是一個幌子，我們路過荊州的時候就跟劉備要糧草，等他出城，就把劉備和諸葛亮殺了，然後把荊州奪下。

於是魯肅折回荊州。劉備一聽魯肅要來，還得繼續哭
啊。

魯肅進來，按照周瑜的交代把話說了，劉備不管魯肅
說什麼就是點頭同意。真是周瑜決策取荊州，諸葛先
知第一籌。指望長江香餌穩，不知暗裡藏魚鉤。

魯肅回去報告，說劉備和諸葛亮聽到周瑜要取西川十分歡喜。周瑜以為諸葛亮中計很是興奮，這一路行軍時都掩飾不住得意，偷偷笑了好幾回。

想不到啊，諸葛亮也有被我耍的時候。

周瑜沒有料到的是，他一路上也不見一個劉備兵馬的人影，更沒有原來說好的熱烈歡迎場面。到了荊州城下，趙子龍在那嚴陣以待呢。

周瑜看劉備這邊早有準備，知道自己計畫落空，氣得怒氣滿胸，再次摔下馬來。

兵將帶著周瑜返回，卻聽人通報諸葛亮和劉備在前山頂上喝小酒取樂呢。周瑜恨得咬牙切齒，這時軍士送來諸葛亮的一封信。

漢軍師中郎將諸葛亮，致書於東吳大都督公瑾先生麾下：亮自柴桑一別，至今戀戀不忘。聞足下欲取西川，亮竊以為不可。益州民強地險，劉璋雖暗弱，足以自守。今勞師遠征，轉運萬里，欲收全功，雖吳起不能定其規，孫武不能

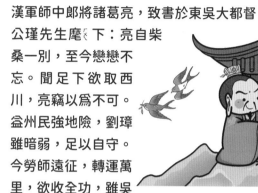

善其後也。曹操失利於赤壁，志豈須臾忘報仇哉？今足下興兵遠征，倘操乘虛而至，江南齏粉 * 矣！亮不忍坐視，特此告知。幸垂照鑑。」

周瑜看罷，感慨萬千，連喊數聲，倒地而亡，他死的那年只有三十六歲。

既生瑜，何生亮啊！

* 齏粉：指碎成粉末。

歷史上的周瑜真的是小心眼嗎?

在小說《三國演義》裡為了烘托諸葛亮的智慧,將周瑜刻畫成小肚雞腸的形象。周瑜嫉妒諸葛亮的才能,處處為難諸葛亮,最後被對方活活氣死,留下「既生瑜,何生亮」的笑柄。但我們翻閱史書會發現,歷史上並沒有「三氣周瑜」的記載,而且周瑜不但不是小心眼,還以寬宏雅量聞名於世。

程普是孫堅的老部下,仗著自己年長看不起年輕人,經常欺辱周瑜。周瑜身為都督,官職高於程普,可他非但不仗勢欺人,還降低身分和程普交好,最終感化程普。程普誇讚周瑜:「和周公瑾交往,就像喝美酒一樣,不知不覺就醉了。」後人以成語「如飲甘醪ㄌㄠˊ」來讚美那些寬宏大量的君子。

三國時期有哪些美女?

　　「英雄美女」是歷久不衰的話題。三國時期英雄輩出,美女也很多。在眾多三國美女當中,貂蟬的名聲最響亮,但貂蟬這個人不見於正史記載,是民間虛構人物。那麼,三國歷史上有哪些真正的美女?

　　要論三國時期的美女,首推大橋和小橋,因後人誤傳,將兩人的名字寫成大喬與小喬。根據《三國志・周瑜傳》記載:「時得橋公兩女,皆國色也。」「國色」一詞是指有絕頂出眾的美貌,冠絕一國的女子。孫策和周瑜是少年英雄,而大橋和小橋是絕色美女,孫策娶大橋,周瑜娶小橋,這兩對夫妻正是中國古代「英雄美女」的代表人物。

老婆太漂亮,容易死得早。

深有同感。

我明明叫小橋,後人都叫我小喬。

貂蟬是虛構的,我的美才是真的。

儒將

儒將是中國對人才的最高定義，講究文武雙全，就是要求一位將領既能指揮打仗，還能下筆成文，更重要的是還具有瀟灑從容的風度，因此就誕生了「儒將」一詞。周瑜就是古代儒將的典型代表，他不但指揮赤壁之戰，大勝曹操，而且還精通音律，留下「周郎顧曲」的美談。宋代詩人范成大誇讚周瑜「世間豪傑英雄士，江左風流美丈夫。」

來呀，一起彈琴，我是三國文青第一名。

諸葛亮也是中國古代儒將的代表，他率軍北伐，興復漢室，以有限的兵力將強大的魏國打得龜縮不出，是一名優秀的軍事家。同時諸葛亮也有一番文士雅興，他在南陽躬耕時，經常抱膝長吟。在文學方面，諸葛亮的《出師表》《誡子書》都是廣為傳頌的名篇。因此，諸葛亮成為大眾眼中最完美的儒將典範。

我是三國好聲音，請為我應援。

宋代的岳飛也是一名儒將，岳飛善於治軍，精通兵法，是中國古代傑出的軍事家。他四次北伐，收復被金兵占領的北方失地，被金兵譽為「撼山易，撼岳家軍難。」岳飛在文學方面也有很大的建樹，他所作的〈滿江紅〉一唱三嘆，慷慨悲歌。他的書法剛勁有力，行雲流水，這些藝術作品所彰顯出的偉大愛國精神，如今已經凝聚在中華民族的血脈中，代代傳頌。

滿江紅

怒髮衝冠，憑欄處、瀟瀟雨歇。

抬望眼，仰天長嘯，壯懷激烈。

三十功名塵與土，

八千里路雲和月。

莫等閒、白了少年頭，空悲切。

靖康恥，猶未雪。

臣子恨，何時滅？

駕長車，踏破賀蘭山缺。

壯志飢餐胡虜肉，

笑談渴飲匈奴血。

待從頭、收拾舊山河，朝天闕。

能文能武，
舍我其誰。

109

聽箏

鳴箏金粟柱，素手玉房前。
欲得周郎顧，時時誤拂弦。

〔唐〕李端

　　這首〈聽箏〉是唐代詩人李端創作的五言絕句，詩中化用「周郎顧曲」的典故。《三國志·周瑜傳》記載：「周瑜少精意於音樂，雖三爵之後，其有闕誤，瑜必知之，知之必顧，故時有人謠曰：『曲有誤，周郎顧。』」

對面的帥哥看過來，看過來。

她成功吸引了我的注意。

　　這段史料的意思，是說周瑜這個人精通音樂，雖然喝醉酒，但只要有人彈琴彈錯音符，他都能立刻指正，告訴對方哪裡彈錯了。李端反用其意，描寫一位彈古箏的姑娘為了獲得所愛之人的顧盼，故意將琴音彈錯，將一位可愛少女形象描寫得鮮活動人。詩人以女子為寄託，展現自己懷才不遇的心態，希望能夠得到明主的顧盼，早日建功立業。

第 4 章

載江奪阿斗

劉禪取名緣由

劉禪，小名阿斗。據傳劉禪之母甘夫人因夜夢仰吞北斗而懷孕，所以劉禪的小名叫做「阿斗」。後人常用「阿斗」或「扶不起的阿斗」一詞形容庸碌無能的人。

劉禪的「禪」字有兩個讀音：「ㄕㄢˋ」與「ㄔㄢˊ」，到底該怎麼讀？

甘夫人見劉禪哭著回家，告訴劉禪，那個字應該讀作
「善」。一些有學問的人分析認爲甘夫人說得有道理。
劉禪，字公嗣，而名、字相配是古人取字的慣例。僅
以三國人物爲例，就有諸葛亮字孔明；黃蓋字公覆；
周瑜字公瑾等，不勝枚舉。若它讀作「善」，則和「嗣」
形成相輔相成的關係。

一禪ㄕㄢˋ一嗣，一讓
一繼。你看你爹還
是很有學問的。

媽，我那個「禪」
到底怎麼唸？
他們都笑我。

各位可別小看了這劉禪，雖然沒有留下大英
雄的美名，但是圍繞著他流傳下來的故事可
不少。對了，還有很多民間歇後語。

說吧，後來的人
都怎麼說我？

啊，不少，光歇後語
就有「阿斗當皇帝──
軟弱無能」「阿斗的江山──
白送」，還有「劉備摔孩子──
收買人心」「劉禪住魏國──
樂不思蜀」等等。

我呸，
沒一句說我
好話的！

劉備摔孩子的故事，我們在前面的章節裡已經說過，
講的是趙雲趙子龍懷揣阿斗殺出曹軍層層重圍，差點
累死。

今天我們說的三國故事，就跟劉禪有關係。不過，那
時候的劉禪還是一個七歲的幼兒，不怎麼懂事。

舞劍筵前

話說劉備統率的大軍有殺劉璋奪取西川的機會，可是劉備是正人君子，不幹那種不齒之事。劉備手下的龐統和法正二人急得不行，劉備卻說什麼也不幹掉劉璋，龐統和法正可等得不耐煩了。他們一起密謀，叫大將魏延登堂舞劍，打算趁劉璋不注意，一劍刺死他。

劉備和劉璋小酒喝得正高興時，魏延拔劍入內，說：
「乾喝酒沒意思，我來舞劍給你們助興吧！」

劉璋那邊的張任馬上也拔劍怒目道：「舞劍必須要成
對，我來陪魏將軍吧！」於是，宴席上劍拔弩張，局
面緊張起來。

就這樣，兩邊要動武的人都被劉備和劉璋給喝退。劉備回到大寨以後，龐統和法正還想勸說，劉備立刻翻臉了。

你們這是做什麼？一心想叫我不仁不義，以後少幹這種事。

你以為我們是為了誰？

主公，你要不要再考慮考慮？

劉璋回到自己的大寨以後，手下馬上告訴他，這裡實在是凶險，稍不注意就得賠上小命。劉璋不以為然，覺得跟劉備一起喝酒聊天都很開心。

你們可別鹹吃蘿蔔淡操心了，我們兄弟的感情好得很。

詐取郡主

這一天，兵馬來報張魯進犯。劉璋請劉備幫忙，劉備二話不說，帶兵去打張魯。

張魯那小子在哪裡？膽敢侵犯我兄弟！

劉備這邊出兵，早有東吳的探馬得知情況。他們立刻快馬加鞭回去稟報。

噠噠噠

東吳的孫權一直觀察著劉備的動向，探馬來報，他趕緊召集手下商量對策。孫權手下的謀士們都對劉備看不順眼，一聽要整治劉備，精神都來了。顧雍搶著說：「大耳賊出洞了，我們趕緊先截住川口，把他的後路堵死。然後我們出兵把荊襄拿下，將大耳賊那大耳朵給揪下來！」

孫權等人正說著，忽然屋裡一陣騷動，屏風被人給推倒，屋子裡的人都嚇了一跳。孫權定睛一看，是他的老母親吳國太。

孫權這個人非常孝順，對老母親吳國太的話言聽計從。他看到母親生氣就慌了，趕緊安慰。

吳國太平時最心疼女兒孫尚香了，聽說兒子孫權跟一幫謀士商量要除掉劉備，這還了得！孫權趕緊連聲答應，母親的訓話不能違背。孫權連喊帶罵地把謀士們都趕出去，吳國太怒氣未消，繼續數落孫權。

我這輩子就一個閨女，現在她嫁給劉備，你們還要動兵殺了劉備，那我閨女不就得守寡？

娘說得對！你們出的是什麼餿主意？太讓人失望了！

一有事就甩鍋！

你這天下基業是你爹和你哥的，你坐領八十一州，還不知足？你還不顧骨肉親情，想對自己的妹夫下手！

………………

孫權被母親罵得狗血淋頭，也不敢頂嘴。送走母親，孫權虛心接受責罵，但是殺劉備的心可沒改。他尋思：這可麻煩了，大耳賊好不容易出來，不殺他，荊襄我可就撈不著了。

外面的謀士們聽屋子裡的罵聲停了，張昭就進來試探。看吳國太不在，心裡高興，趕緊幫孫權出主意。

你派個人，帶五百人潛入荊州送信給郡主，就說國太病危，想親閨女了。

什麼意思？叫我妹妹回來有什麼用？

張昭

劉備不是有個兒子叫劉禪嗎？叫郡主帶他回東吳來。劉備愛子心切，就得拿荊州換阿斗！

此計甚妙，那我都不用動兵了。

那麼該派誰去？這個人選很關鍵，必須機智過人，還得武功超群。孫權馬上想起一個人。這個人名叫周善，正好符合前面的條件。孫權馬上派人叫來周善。他見周善滿是自信非常高興，囑咐他多加小心，隨後派出五百人扮作商人，分坐五艘船，奔荊州而來。

小意思！憑我這智謀，諸葛亮都比不過我。憑我這本事，張飛跟我頂多打三個回合。

英雄，這次辛苦你了。

周善

這周善外號周大膽，自幼穿房入戶，鮮有對手，所以就有點自戀起來。孫權委以重任，他更是自信滿滿。

這周善還真有兩下子，很快就到達荊州，順利見到郡主孫尚香，並呈上密書。他還挺會演戲的。

周善一聽，心想：你要是告訴軍師諸葛亮，那還走得了嗎？他眼珠一轉，計上心來。

如果軍師說你想回去就要等皇叔回來再說，那怎麼辦？

也是啊。

所以我們先走吧！我已經備好船隻，國太那邊就快咽氣了。

郡主一聽心裡著急，也顧不得太多了，帶上阿斗和隨從三十餘人，各攜刀劍離開荊州城，抵達江邊，上船要回東吳。

你們看，不費吹灰之力就把事情辦成了！

噠噠噠——

截江奪阿斗

周善得意洋洋，正要命令開船，只聽到岸上有人大叫：「不要開船，趙雲來也！」原來趙子龍巡哨回來，聽見消息大吃一驚，來不及帶上兵馬，就率領三五騎追趕而來。

周善可不高興了，心想：
我堂堂周善你都不認識，
真是有眼不識泰山。

周善手持長矛，命令開船。風順水急，船快速隨流而去。趙雲沿著江岸追趕，但周善不理睬他，只顧催船前進。

也是湊巧，趙雲沿江趕到十餘里，忽見江灘斜纜一艘漁船在那裡。趙雲棄馬執槍，跳上漁船，駕船朝著夫人所坐的大船追趕。周善命令軍士放箭，趙雲以槍撥之，箭皆紛紛落水。

離大船懸隔丈餘，吳兵用槍亂刺。趙雲棄槍在小船上，掣所佩青釭劍在手，分開槍搠，往吳船縱身一跳登上大船。吳兵盡皆驚倒。趙雲進入船艙去見夫人，她懷抱阿斗，怒喝：「趙雲，你太無禮了！」

夫人一聽趙雲責問，氣不打一處來。她對趙雲說：「我母親病危，根本沒有時間報告軍師。再說，這是我的人身自由，你干涉不著。」趙雲也不客氣地繼續質問，夫人解釋說七歲的阿斗年齡尚小，沒人照顧，只能帶在身邊。

夫人看趙雲盛氣凌人，很是惱火。一個帳下武夫，狗咬耗子管我家的事，是要造反嗎？趙雲也不甘示弱，告訴夫人：你可以走，但是得把阿斗留下。

夫人徹底被激怒，她命令手下的婢女上前抓趙雲。這些婢女雖然都有武藝，但是跟趙雲沒辦法比，馬上就被趙雲給推翻在地。趙雲把婢女打得落花流水，趁機將阿斗奪過來，抱著孩子跑到船頭上，想要停靠岸邊，可是沒有幫手。夫人指揮士兵和婢女攻擊趙雲，而趙雲礙於夫人的面子，也不能下狠手要他們的性命，眞是進退不得。

131

正在危急，忽見下流頭港內駛出十餘隻船來，船上磨旗擂鼓。趙雲心想：「這是中了東吳之計！」只見當頭船上一員大將手執長矛高聲大叫：「嫂嫂留下侄兒再去！」原來是張飛巡哨時聽見消息趕緊前來，正好撞見吳船，急忙截住。張飛立刻提劍跳上吳船。

周善見張飛上船，提刀來迎，被張飛手起一劍砍倒。
軍士都看傻了，根本沒有看到張飛是怎麼出手的。

張飛拎著周善的腦袋，往夫人的腳下一扔，把夫人嚇
得渾身哆嗦。

張飛和趙雲就在船頭商量了一下，夫人要是
真的跳河死了，回去也不好跟劉備交代。

那你
早去早回。

阿斗我們帶
回去了。

張飛和趙雲抱著阿斗回船離去，夫人只好跟著五艘船
返回東吳。

張飛和趙雲抱著阿斗歡喜回船。行不數里，孔明引大隊船隻接來，見阿斗已奪回，大喜，三人並馬而歸。孔明自申文書往葭（ㄐㄧㄚ）萌關，報知玄德。卻說孫夫人回吳，具說張飛、趙雲殺了周善，截江奪了阿斗。

夫人回到東吳，把事情一說，阿斗沒帶回來，那個武藝超群的周善被張飛不用一個回合就殺了，把孫權氣得不行。趕緊召集文武百官商量去報仇，這個時候屏風倒了，吳國太怒目站在那裡。

孫權的妹妹真的名叫孫尚香嗎？

在很多三國遊戲和漫畫當中，劉備的妻子，即孫權的妹妹，名字都叫孫尚香。但在現存所有的三國史料當中，都沒有關於孫權妹妹名字的記載。

小說《三國演義》中說吳國太有個女兒名叫「孫仁」，因此有人推測孫仁就是孫權妹妹的名字。在元雜劇《兩軍師隔江鬥智》中，孫權妹妹又叫做「孫安」。到了清代京劇《龍鳳呈祥》中，孫權的妹妹又叫「孫尚香」。後來在諸多三國遊戲的宣傳之下，「孫尚香」這個名字開始被大眾熟知。

不管是「孫仁」「孫安」或「孫尚香」都是虛構的名字，我們無從知曉孫權妹妹的真實名字。中國古代婦女地位低下，沒有權利取名字，即便是取了名字，也很難被記載下來。

劉禪的「禪」，該怎麼唸？

　　劉禪，字公嗣，小名阿斗，是劉備的兒子。禪是破音字，在劉禪這個名字中，究竟是讀「ㄢˊ」，還是讀「ㄔㄢˊ」？

　　劉備在生下劉禪之前，已經有一個養子名叫劉封。劉封和劉禪，合在一起就是「封禪ㄢˊ」，封禪是指中國古代帝王在太平盛世或天降祥瑞之時祭祀天地的大型典禮，劉備給兒子取這個名字，寄託了自己希望天下太平、四海統一的美好願望。

　　至於「ㄔㄢˊ」讀音，是在佛教傳入中國，於南北朝時期衍生出禪宗之後才出現。所以三國時期劉備為兒子取的名字劉「禪」，只能讀「ㄢˊ」，不能讀「ㄔㄢˊ」。

肘腋之變

在小說《三國演義》中劉備和孫夫人的感情非常好，兩人在東吳成婚之後，感情如膠似漆。孫夫人為了掩護劉備回荊州，還不惜和哥哥孫權翻臉。日後孫夫人被哥哥孫權騙回東吳，依舊對劉備念念不忘，聞聽劉備死後，孫夫人還殉情自殺。很可惜，這些都是小說中虛構的情節。

東吳送來了一個小辣椒，我要提防著。

哥哥逼我嫁給老男人，我的命好苦。

史料中對孫夫人的記載不多，《三國志》中只記載了一句「劉備治公安，孫權稍畏之，進妹固好。」就是說孫權因忌憚劉備，將妹妹送過去。所以這場孫劉聯姻是實實在在的政治婚姻，沒有任何感情基礎。

在史書中還有一段諸葛亮的話，也側面印證劉備和孫夫人的關係並不好。《三國志・法正傳》記載：「主公近則懼孫夫人生變於肘腋_{ㄓㄡˇㄧㄝ}之下。」這便是成語「肘腋之變」的來歷，肘腋是指人體的手肘和腋窩，比喻極近之地。在最近的地方發生禍亂，能產生致命的傷害。

由此可知，劉備十分害怕身邊的孫夫人給自己搞出麻煩，這說明劉備根本沒有把孫夫人當做一家人來看，而是當成一顆不定時炸彈，隨時都能要自己的命。果然在劉備入蜀期間，孫尚香就帶著劉備的孩子阿斗前往東吳，發生「肘腋之變」。幸虧趙雲和張飛的保護才將阿斗搶回，沒有釀成大錯。

劉備和孫夫人在一起的幾年並沒有生下孩子，也印證了夫妻感情不好。孫夫人回東吳後沒有留下任何資料記載，這場原本就毫無感情的政治婚姻也隨之破滅。

剔銀燈·與歐陽公席上分題

> 昨夜因看蜀志。笑曹操、孫權、劉備。用盡機關,徒勞心力,只得三分天地。屈指細尋思,爭如共、劉伶一醉。人世都無百歲。少痴騃ˊ、老成尪ˊ悴。只有中間,些子少年,忍把浮名牽繫。一品與千金,問白髮、如何回避。
>
> 〔宋〕范仲淹

　　這首詞是宋代文學家范仲淹和歐陽修在酒席上聚會時所作,所謂的「分題」就是兩人以同樣的題目,分別創作一首詩詞。這次聚會,范仲淹和歐陽修選擇的題目就是三國。

　　范仲淹這首詞開篇就點明題目,上闋說昨夜翻看《三國志》,笑曹操、孫權、劉備,三個人費盡心機卻只各得天下三分。下闋話鋒一轉,感嘆世事無常,老之將至,看似消極,其實是為了抒發內心的苦悶。當時范仲淹主持「新政改革」被反對派阻擋,因此填詞遣懷。

　　全詞語言平實,近乎口語。格調幽默,耐人尋味。表面上是寫三國歷史,其實是抒發人生感慨。

第 5 章

落鳳坡

鳳雛獻計

龐統（西元 179 年 － 214 年），字士元，號鳳雛，漢時荊州襄陽人，是三國時劉備手下的重要謀士，與諸葛亮同拜爲軍師中郎將。龐統早年便以「鳳雛」之名與諸葛亮（臥龍）齊名於荊州。鳳雛的意思是鳳的雛鳥，也就是小鳳凰，假以時日，一定會高翔於九天，清鳴於雲中，是別人爲他取的綽號。

龐統

臥龍鳳雛，得一而可安天下也！

兩個人都跟隨我，真是好福氣啊！

在前面講到赤壁之戰時，要是沒有龐統去說服曹操把大船串聯在一起，後來的火燒赤壁也就不會發生。要是沒有龐統的計謀，老奸巨猾的曹操是不會上當的。

略施小計而已……

赤壁大戰後，龐統來投靠孫權。但是，由於龐統太小看周瑜，而孫權平生最喜歡周瑜，所以孫權發誓不用他。魯肅推薦他去找劉備，龐統聽取了建議轉而投靠劉備。

此處不留爺，你去找劉備。

魯肅

沒問題！

龐統來到劉備這裡也不是一帆風順，前面我們講過劉備和龐統之間的誤會。不過，劉備這個人有個優點，那就是知錯就改。

先生，恕我有眼無珠。

在劉備入川吞併劉璋的態度上，龐統可謂旗幟鮮明。他要求劉備當機立斷拿下劉璋，而劉備雖然心裡也想拿下西川，但不想通過這樣的途徑，他這個人還是很看重名聲的。

主公，當斷不斷，必有後患。

那樣勝之不武啊。

結果其實都是一樣的。

劉備在葭萌關待的時間一長，深得民心。這一天接到消息說曹操大兵要進攻東吳，劉備趕緊找龐統商量對策。劉備爲曹操和孫權都想要荊州的事情很是煩惱，龐統幫劉備出主意，說有軍師諸葛亮在荊州那邊，料想孫權不敢輕舉妄動。那主公趕緊寫一封信，快速傳給劉璋。

曹操要是打敗孫權，一定會取荊州。孫權要是打敗曹操，也一定會取荊州。

繞來繞去的，主公到底想說什麼？

對，要知道劉璋對我們感情有多深，糧草代表他的心。

叫劉璋念在同宗之誼，給我們補充精兵四萬，糧食十萬斛。

龐統給劉備出的這個主意不錯。劉備依計行事，派使者去成都找劉璋。使者來到關前，守關的楊懷和高沛一看還不能阻攔，只能放行。不過，楊懷跟著使者一起去。

不行，我得跟著去，不能讓他白吃白喝！

劉皇叔派我來見劉璋，要精兵糧草。

使者見到劉璋，說明來意。劉璋滿臉賠笑，叫使者下去休息。劉璋回頭問楊懷。

你不好好守關，跟著回來幹嘛？

劉備那大耳賊太狡猾，跟我們要軍馬錢糧，等於把薪助火，主公不要上當。

劉璋聽完楊懷的意見，心裡也拿不定主意。

我與玄德有兄弟之情，豈可不助？

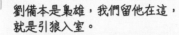

劉備本是梟雄，我們留他在這，就是引狼入室。

現在他要軍馬錢糧，那不等於如虎添翼嗎？

主公三思，那可不得了啊！

聽完大家的意見，劉璋心裡有數。他喚使者來，調撥老弱病殘的軍士四千人，軍糧你不是要十萬斛嗎，只給一萬斛應付了事。

別看他們年紀大，這些軍士很有戰鬥經驗。

不少，多加些水煮粥吃，營養豐富得很。

米給得有點少吧？

劉璋派使者帶著糧草軍馬來見劉備，劉備一看就生氣了。劉璋的人品是怎麼回事？我為你抵擋敵人，費力勞心，這麼多戰士捨生忘死浴血沙場，你可倒好，拿這麼點東西來打發我啊。龐統看見劉備發火了，趕緊勸說道，這一鬧，劉備和劉璋的情義可就沒了。劉備也在氣頭上，問龐統下一步該怎麼辦。

劉備問龐統是哪三條計策，龐統一一道來。

馬上選精兵，
晝夜奔襲成都：
此為上計。

楊懷、高沛乃蜀中名將，
各仗強兵把守關隘；今主
公佯以回荊州為名，二將
聞知，必來相送；就送行
處，擒而殺之，奪了關隘，
先取涪城，然後卻向成
都：此中計也。

退還白帝，連夜
回荊州，徐圖進
取：此為下計。

聽人勸，吃飽飯，
主公早該聽我們的
話拿下西川。

劉璋這回是真
把我氣著了。

劉備仔細聽完龐統的三條計策，沉吟一刻說：軍師的
上計太倉促，下計太遲緩；中計倒是不快不慢，咱就
選中計了。

劉備寫了一封書信給劉璋，說曹操來犯，他要親自去抗曹，來不及見面，所以寫封信給你辭別。這封書信傳到成都，張松聽說劉備要回去，以為是真的，於是趕緊寫了一封信給劉備。

今大事已在掌握之中，何故欲棄此而回荊州啊？

張松

也怪張松大意，信剛寫完，他大哥張肅正好來了。張松趕緊把書信藏起來跟大哥說話，但張松有心事，心思不在這，張肅感覺很奇怪。喝酒的時候，張松的書信掉出來。張肅的手下偷偷撿走書信。

兄弟，你我一奶同胞，感情深厚，大哥敬你一杯。

張肅

俗話說知人知面不知心，張肅撿到書信一看，大驚失色，連夜拿著書信去向劉璋告密。

口口聲聲說一奶同胞，但為了自己的利益，這張肅毫不猶豫地告發了自己的親弟弟。劉璋下令把張松全家滿門抄斬。

⚶ 取涪關 ⚶

卻說玄德提兵回涪城，先令人報上涪水關，請楊懷、高沛出關相別。楊、高二將聞報，趕緊商議對策。這邊商量好對策，劉備那邊也做好準備。龐統馬上跟劉備說，楊懷和高沛要是欣然而至，我們要提防他們耍陰謀詭計。如果不來，我們就強攻。劉備一聽，也趕緊身披重鎧，自佩寶劍防備。

卻說楊懷、高沛二人身邊各藏利刃，帶二百軍兵，牽羊送酒，直至軍前。見劉備並無準備，心中暗喜，以為中計。

楊高二人進入帳中，跟劉備寒暄。喝了酒以後更覺得一切盡在掌握當中。誰想到劉備下令說有要事跟楊、高二人商量，把隨行人員支出去。楊高二人還沒緩過神來，劉備便下令捉住二人。

跟隨楊懷和高沛來的兩百從人，一個不漏地被魏延和
黃忠給逮住，龐統則設下計謀叫他們戴罪立功。晚上
這兩百人在前面先走，大軍隨後。到了關下，這兩百
人就喊兩位將軍回來了，速開城門。城上聽見是自己
家人回來趕緊開門。龐統率領大軍一擁而入，兵不血
刃就得到涪水關。

卻說劉璋聞聽劉備殺了楊、高二將，襲擊涪水關，大
驚道想不到劉備真是個小人。至此，劉備和劉璋徹底
斷交。劉璋召集文武，問退兵之策。

可連夜遣兵屯雒縣，
塞住咽喉之路。劉
備雖有精兵猛將也
不能過去。

劉璝、泠苞、張任、
鄧賢聽令，你們率五萬
大軍，徹夜把守雒縣，
以拒劉備。

四員大將領命，而劉璝這人迷信，他聽說錦屏山中有一異人，道號紫虛上人，知人生死貴賤。今日行軍正從錦屏山過，我們得去找他算算吉凶。

這玩意兒靈驗嗎？

寧可信其有。

不可信其無。

於是四人引五六十騎至山下，問徑樵夫。樵夫指高山絕頂上，便是上人所居。四人上山至庵前，見一道童出迎。問了姓名，引入庵中。只見紫虛上人坐於蒲墩之上。四人下拜，求問前程之事。

左龍右鳳，
飛入西川。
雛鳳墜地，
臥龍升天。
一得一失，
天數當然。
見機而作，
勿喪九泉。

就是啊，什麼龍鳳的，跟我們有什麼關係？

嘮嘮叨叨的，什麼意思？

四人到了雒縣，分調人馬，把守各處關隘口。劉璝分
兵二萬，與泠、鄧二人，離城六十里下寨。劉璝、張
任守護雒城。得知劉璋派了四將把守雒城，劉備召集
眾將出戰迎敵。老將黃忠和年輕氣盛的魏延互相爭
功，都想出戰。

這魏延貪功，險誤大事。不過龐統早有預謀，料定二人爭功，所以和劉備各帶人馬，共抗敵軍。

龐統退歸館舍，門吏忽報：「有客特來拜訪。」統出迎接，見其人身長八尺，頭髮截短，披於頸上；衣服邋遢邊邊。

先生是誰啊？

哎呀，你先安靜一下，我吃飽喝足睡舒服了，再與你講這天下大事。

❦ 鳳死落坡東 ❧

這個人非常沒有禮貌，吃喝以後就睡覺，弄得龐統急不得又惱不得。他情急之下找來法正看看是不是劉璋那邊派過來的奸細。

> 就這麼吃完、喝完就睡，問他話也不好好回答。

> 對啊，我就是老彭。

> 你是彭永言吧？

這個彭永言是廣漢人，也是蜀中的豪傑。因為說話得罪了劉璋，被劉璋給狠狠地處理了一下。龐統聽完法正的介紹，趕緊以禮相待。

> 馬上請主公前來相見。

> 我是特意趕來救你們數萬人性命的。劉皇叔可在？

卻說泠苞見當夜風雨大作，引了五千軍到江邊把江堤挖開，來個水淹大軍。可是他的如意算盤打錯了，剛要動手，只聽見後面喊聲四起。

前面魏延引軍趕來，川兵自相踐踏。泠苞和魏延交戰幾個回合，泠苞被魏延活捉去了。玄德設宴款待彭永言，忽報荊州諸葛亮軍師特遣馬良奉書至此。馬良禮畢，呈上軍師書信。

劉備尤其信任諸葛亮,所以覺得還是謹慎為好。劉備想回去荊州跟諸葛亮商量下一步的打算,龐統算計了起來。

咦,是不是諸葛亮怕我取了西川立大功,所以才寫信從中挑撥啊?

啊,我也算了一下,見太白臨於雒城,先斬蜀將泠苞,已應凶兆矣。主公不可疑心,可急進兵。

軍師在想什麼?

見龐統這麼說,劉備也沒了主意。於是,劉備便引軍前進。龐統問法正到雒城還有多遠,法正畫了張地圖給大家看,劉備拿張松遺留下來的圖本對照,一點差錯都沒有。

山北有條大路,正取雒城東門;山南有條小路,卻取雒城西門:兩條路皆可進兵。

好,令魏延為先鋒,取南小路而進;令黃忠作先鋒,從山北大路而進,一起到雒城匯合。

劉備自幼熟於弓馬，習慣在小路行走。他叫龐統從大路去取東門。龐統不聽，劉備也急了。

軍師不可。吾夜夢一神人，手執鐵棒擊我右臂，睡醒後肩膀還在痛。這預兆可不好啊。

壯士臨陣，不死帶傷，您就別信這套了。

當日龐統傳下號令，軍士五更造飯，平明上馬。黃忠、魏延領軍先行。劉備騎馬趕到，約見龐統。龐統的坐騎突然馬失前蹄，把龐統給摔下馬。

主公，這多不好意思。

我騎的這白馬，性子好，軍師騎吧。

雒城中的劉璝想辦法對付劉備大軍，很顯然他們也發現了城東南那條偏僻小路。張任自告奮勇前去把守，如果遇到劉備軍馬就設伏襲擊。

沒有我的命令，不准射箭。

不一會，小路上魏延帶著兵馬經過。軍士們按捺不住想射箭，但都被張讓制止。緊接著，騎著劉備白馬的龐統大軍趕到。張讓在草叢中看見，心裡一陣狂喜。

立功的機會來了，做好準備，聽我號令！騎白馬的那個人是劉備！

卻說龐統迤邐前進，抬頭見兩山狹窄，樹木叢雜；又值夏末秋初，枝葉茂盛。龐統心下懷疑，勒住馬問：「此處是何地？」

龐統一聽，大吃一驚。自己的道號鳳雛，此處卻叫落鳳坡。不好，趕緊撤退，可是一切都已經晚了。山坡前傳來一聲炮響，張讓一聲令下，箭如飛蝗朝著騎白馬的龐統射來。可憐龐統死於亂箭之下，連同白馬被射成了刺蝟一般。

落鳳坡前，硝煙瀰漫。三十六歲的英雄龐統命喪此地。

劉備得知龐統戰死，悲痛萬分。他追賜龐統爲關內侯，諡曰靖侯，親自爲其挑選墓地。後來龐統所葬之處遂名爲落鳳坡，現於中國四川省德陽市羅江縣城西的鹿頭山白馬關處，設有國家重點文物保護單位——龐統祠墓。

龐統才華橫溢，其人傲氣、剛正、豁達、足智多謀且巧言善道。（鳳雛）龐統的才華最為璀璨，但命運也最為多舛，英年早逝，實為可惜。

歷史上的龐統是個醜男？

在小說《三國演義》中，龐統是著名的「醜男」，先是孫權嫌他醜，於是龐統投奔劉備，結果劉備也嫌他醜，只給龐統一個小官。三國兩大英主皆對龐統的樣貌心生厭惡，這人到底醜到什麼程度？

深有同感。

長相決定命運，所以我的命運如此坎坷。

但翻閱史書會發現，正史並沒有記載龐統的外貌。《三國志》只記載龐統「少時樸鈍，未有識者。」就是說他年輕時淳樸誠懇，人們沒有發覺他的才能。《三國志》一向惜墨如金，只要不是長得特別醜或者特別美，一般都不會在外貌上描寫過多。由此可知，龐統即便不帥，肯定也不是特別醜。

人家才不是醜男呢，我是可愛的小鳳凰。

歷史上的張飛其實是白面書生？

在小說《三國演義》裡，龐統之所以受到劉備重用，與張飛的舉薦脫不了關係。在民間印象裡，張飛的形象是一位豹頭環眼的黑面大漢，這位粗魯的猛漢竟然舉薦龐統，讓人刮目相看。但是，其實「黑張飛」只是張飛的藝術形象之一，到了明代，張飛又變成「白張飛」。

根據《畫髓元詮》記載，張飛是一位白面書生，還擅長書法，愛畫美人。黑面張飛與文雅張飛，到底哪個張飛才是真的？

白臉的張飛笑哈哈。

三弟，你用的什麼保養品呀？

我本來就白，好嗎？

其實這兩個都不是真實的張飛。正史中沒有記載張飛的詳細外貌，所以張飛不可能是豹頭環眼。《三國志》記載蜀漢善書畫者只有諸葛瞻一人，所以張飛的文藝才能也是後世想像出來的。黑面張飛與文雅張飛都是張飛的藝術形象，表達了人們對張飛這個歷史人物的喜愛，以及對歷史多重演繹的延伸與探索。

你們乾脆去扮演黑白無常吧。

我才是真張飛。

我才是真張飛。

臥龍鳳雛

「臥龍鳳雛」是三國時期諸葛亮和龐統的號，號是人們於姓、名、字之外的稱呼，多是自稱，也可以是他人的評價。諸葛亮號臥龍，龐統號鳳雛，都是有史料記載的。

《三國志注》引《先賢傳》記載：「鄉里舊語，目諸葛孔明為臥龍，龐士元為鳳雛，司馬德操為水鏡。」諸葛亮因在山野隱居又胸懷大志，因此被稱為臥龍，即潛伏的龍；龐統雖然年紀輕輕但才華橫溢，因此被稱為鳳雛；司馬徽有識人之明，就像一面鏡子，因此被稱為水鏡。由此可知，古人的別號都是根據人物的某個特徵而取的，從這些別號中也能看出一個人的志向與興趣。

別號一旦傳開，往往會成為一個人代稱。司馬徽向劉備推薦人才時就曾說：「儒生俗士豈識時務？識時務者在乎俊傑。此間自有伏龍、鳳雛。」這句話便直接用伏龍（臥龍）來代稱諸葛亮，用鳳雛來代稱龐統。

我是臥龍鳳雛的經紀人，歡迎來合作。

　　古代最有名的別號就屬「蘇東坡」了。蘇軾，字子瞻，在被貶黃州時自己開墾了一片土地來種菜，這片菜園就叫「東坡雪堂」。久而久之，蘇軾便自號「東坡居士」。從這個別號當中也能看出蘇軾安貧樂道，不與世俗同流合污的品行。如今，「蘇東坡」三個字已經成為婦孺皆知的名號了。

破陣子·為陳同甫賦壯詞以寄之

> 醉裡挑燈看劍，夢迴吹角連營。八百里分麾下炙，五十弦翻塞外聲。沙場秋點兵。
> 馬作的盧飛快，弓如霹靂弦驚。了卻君王天下事，贏得生前身後名。可憐白髮生。
>
> 〔宋〕辛棄疾

　　這首詞是辛棄疾豪放詞中的代表作，辛棄疾有一顆拳拳愛國之心，他主張北伐中原，收復失地，但被投降派打壓，壯志不能舒展。陳亮是辛棄疾的好朋友，兩人志同道合，惺惺相惜。有一次兩人見面之後，暢聊天下大勢，陳述北伐主張，之後分別，互寄詩詞，這首〈破陣子〉便是此時的作品。

　　辛棄疾作詞喜歡用典，這首詞下闋的第一句「馬作的盧飛快」，化用的便是三國時期劉備的典故。劉備有一匹名馬，叫做的盧，此馬雖是千里馬，但有傳言說此馬對主人不利。劉備不信流言，騎之如故。有一次劉備被人追趕，遇大河阻擋，的盧馬猛然一跳，跨過河流，救了劉備一命，這就是著名的「馬躍檀溪」由來。辛棄疾引用此典，希望自己能馳騁沙場，早日收復中原失地。

騰下有的盧，暢通無阻。

主公，我可不這麼認為。

第 6 章

入西川

張飛義釋嚴顏

話說劉備的軍師龐統戰死落鳳坡後，劉備大軍閉門不出堅守城池。劉備連夜寫了書信，叫關平連夜趕往荊州給諸葛亮報信。諸葛亮收到書信以後，馬上和張飛率軍前去支援。諸葛亮對張飛很不放心，臨行之前千叮嚀萬囑咐，生怕張飛莽撞惹禍。

> 第一，不可輕敵。
> 第二，不可騷擾百姓。
> 第三，不准喝酒隨便打士兵。第四⋯⋯

> 我的娘啊，還有啊⋯⋯

張飛領命，帶軍快速出發。所到之處，果然是軍紀嚴明。張飛自己也不喝酒，更控制暴躁的脾氣。

> 我不蒸饅頭爭口氣，戒掉毛病拿第一！

> 太陽這是從哪面出來啊？

> 就是啊，將軍竟然懂禮貌了。

這一日，軍馬行到巴郡。軍士稟報，說巴郡有蜀中名將嚴顏老將軍把守。老將軍武藝高強，善開硬弓，有萬夫不擋之勇。

拉倒吧，少騙人。叫他開城投降，不然我把巴郡蕩為平地。

嚴顏聽說張飛兵臨城下，趕緊召集手下文官武將商議辦法。手下的人開始獻計。

那張飛在長坂坡，一夫當關把曹操百萬大軍都給嚇退了。我們可不能硬拚啊。

就是啊。那等於拿雞蛋砸石頭。

不如我們堅守不出，以張飛那脾氣，肯定憋不住就得打手下，讓他自己先亂套。

張飛派使者去見嚴顏，叫嚴顏獻城投降。嚴顏大怒，
不但不投降，還把使者的鼻子和耳朵給割下來。被割
掉耳朵和鼻子的使者哭喊著回到張飛大寨。

兩國交戰還不
斬來使呢！

張飛一看，勃然大怒。披掛上馬，到城下叫陣。
誰想到嚴顏閉門不出，任憑他吵鬧。張飛兵馬
近前，嚴顏就叫手下放箭。

就不下去，
氣死你！

老匹夫，
你給我下來！

第二日張飛再去城下叫罵，沒想到嚴顏拉弓射箭，一箭射中了張飛的頭盔。張飛嚇出一身冷汗。

你還沒事找事？

差一根頭髮就要了我的命啊！

張飛接連叫罵幾日，嚴顏就是閉門不出。你走得近我就拿亂箭射你，氣得張飛暴跳如雷，回自己的寨中生悶氣。

這老傢伙屬烏龜的，鑽殼裡不出來。看來我張飛只能使計謀了。

張飛使計謀，那可是粗中有細了。

張飛乘馬登山，觀察巴郡的地形。巴郡是座山城，站在高處一看，城裡的士兵就在那裡坐著聊天。很多民夫在加固城池，看來這嚴顏是下定決心在城裡守著了。既然嚴顏閉門不出。張飛下令軍士們也別去叫罵了，都散開去山上打柴草算了。你嚴顏不是不出來嗎，我們也不走了，看誰耗得過誰。

將軍，搬那麼多柴草幹什麼？

哪那麼多話？

你們渾水摸魚，打探一下張飛的葫蘆裡到底賣什麼藥。如果時機成熟，我們就使個計策……

這些士兵很輕鬆地混到張飛的隊伍裡去。張飛抓不著嚴顏，氣得怒罵。這些士兵馬上給張飛出主意。

將軍，我們打探到一條小路，能直接繞過巴郡。

這回我們立功啦！

啊！那太好了，省得跟這個老東西在這生氣。

張飛命令二更造飯，三更時起身出發。奸細趕緊跑回去給嚴顏送信。嚴顏得知張飛「中計」，心裡大喜，趕緊布置埋伏，想一舉擒獲張飛。嚴顏囑咐大家一定要等張飛過去，先把車仗等劫了。張飛的軍隊要是沒有糧草，肯定潰敗。

全體將士，聽我命令。放張飛過去……

張飛率領兵馬通過，背後車仗人馬過來的時候，嚴顏一聲令下，四下伏兵四起。

嚴顏正在得意之時，張飛突然殺到。嚴顏大吃一驚。

嚴顏一聽哭笑不得，想不到自己小心翼翼竟然還是上了張飛的當。嚴顏揮刀就砍，兩個人戰在一處。張飛的武藝高了嚴顏一籌，幾個回合以後，一把扯住嚴顏，把老將軍給活捉了。

張飛率軍殺到巴郡，很輕易地攻破城池。他下令不准傷害百姓，出榜安民。
張飛坐在廳前，嚴顏被押上來。

張飛見嚴顏面不改色，視死如歸，心裡喜歡。他哈哈大笑，親自給嚴顏鬆綁，扶他到正中高坐，低頭便拜。張飛這一戰可謂叫人刮目相看，不但拿下巴郡，還收了嚴顏。

嚴顏說到做到，一路上遇到自己的部下就勸說投降，張飛軍馬不用交戰就長驅直入。

劉備這邊自從派關平給諸葛亮報信以後一直閉門不出，而那張任天天來叫罵挑戰。這一日，劉備算計著諸葛亮派來支援的兵馬快到了，就召集大家想辦法。

儘管張任遭遇襲擊，但是戰鬥力還是有的。兩軍交戰，這張任盯住劉備廝殺。劉備不敵撥馬落荒而逃，張任在後面緊追不捨。

劉備心裡慌張，正逃跑間，見前面山路殺出一軍人馬。劉備在馬上叫苦不迭，後有張任追擊，前面又遇伏兵，前後夾擊，小命休矣。

正在劉備絕望之時，前面軍馬中有人大喊：「哥哥莫怕，張飛來也！」劉備一看喜出望外。原來是張飛和老將軍嚴顏一路殺來，正遇到張任追殺劉備。當下顧不得多說，張飛拍馬直取張任。張任哪裡抵擋得住，幾個回合就敗逃而去。

敢惹我大哥，先揍你一頓！

果然厲害！

劉備又驚又喜，趕緊詢問張飛前因後果。

大哥，本來軍師走水路應該先到，沒有想到是我搶了頭功。

這是什麼情況啊？

路上關隘四十五處，沒費吹灰之力就通過了。這都是老將嚴顏的功勞。大哥，你得隆重表揚。

哎呀，這必須的，來，我身上這黃金鎖子甲先送給老將軍。

感謝丞相！

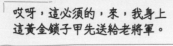

劉備一再感謝，老將嚴顏慌忙拜謝。正說話間，軍士來報，說魏延和黃忠叫人家兵將給殺得潰不成軍。張飛一聽就火了。

他們想造反？等著，我教訓他們去。

遇事小心啊！

這張飛果然勇猛，張任那邊的將軍吳蘭、雷銅正在追趕魏延和黃忠，本來是勝券在握。誰想到半路上殺出來猛將張飛，這兩位哪裡抵擋得住。魏延和黃忠敗退間得知張飛相助，回馬迎戰。吳蘭和雷銅一看，還是趕緊投降算了。

看招！我殺你們個片甲不留！

慢！我們投降啦！

雷銅

吳蘭

破雒城

張飛又立大功，劉備非常高興。這時候諸葛亮大軍也趕到，發現張飛已經先到，諸葛亮也很佩服張飛。

諸葛亮來到身邊，劉備放下心來。那張任文武雙全，不好對付。諸葛亮微微一笑，打聽城東那座橋叫什麼橋。有人說是金雁橋。

諸葛亮去引張任進入埋伏圈，張任看見諸葛亮隊伍不整齊，沒有把諸葛亮放在眼裡，哈哈大笑說：「諸葛亮不過如此！」

亂箭射死鳳雛，今天活捉臥龍，給你們湊一對！

諸葛亮丟棄四輪車，上馬就逃。過了金雁橋，見劉備軍馬在左，嚴顏軍馬在右，衝殺過來。張任知是計，急回軍時，橋已拆斷了；欲投北去，只見趙雲一軍隔岸擺開，遂不敢投北，徑往南繞河而走。走不到五七里，早到蘆葦叢雜處。魏延一軍從蘆中忽起，都用長槍亂戳。黃忠一軍伏在蘆葦裡，用長刀只剁馬蹄。

張任的馬軍都被砍倒，步軍嚇得不敢再來。張任引數十騎望山路而走，正撞著張飛。張任方欲退走，張飛大喝一聲，眾軍齊上，將張任活捉。

二弟神勇！

哈哈，張飛嗑瓜子——不夠塞牙縫，小小張任就是一顆瓜子！

張任被抓，諸葛亮和劉備在帳中。劉備惜才，想叫張任投降為自己所用。張任怒目圓睜，大聲說：「忠臣不事二主！」於是，張任被處死，劉備感嘆不已，厚葬張任於金雁橋側，以表其忠烈。

何必想不通呢？你投降就免死。

吓！

成全他吧！來人，推出去！

諸葛亮命大軍進攻雒城，劉璝在城上大罵。嚴顏方待取箭射擊，忽見城上一將，拔劍砍翻劉璝，開門投降。玄德軍馬入雒城，劉循開西門走脫，投成都去了。玄德出榜安民。

都不用我們親自動手。

劉璝

劉備大軍向成都前進，劉璋那邊慌了。益州太守董和，字幼宰，南郡枝江人，他上書與劉璋，請往漢中張魯那裡借兵。

雖然與我們有仇，但劉備軍在雒城，勢在危急，唇亡則齒寒，若以利害說之，必然肯從。

張魯與吾世仇，怎肯相救？

劉璋

董和

張魯得知劉璋求助而猶豫不決，馬超挺身而出願意出兵。張魯大喜，先遣黃權從小路而回，隨即點兵二萬與馬超。張魯令楊柏監軍，馬超與弟馬岱選日起程。

我深感主公之恩，無可上報，願領一軍攻取葭萌關，生擒劉備，務要劉璋割二十州奉還主公。

張魯

張飛聽說馬超來攻關，想出去殺敵。諸葛亮使了激將法故意不理睬張飛，只說能跟馬超交手的只有關羽。可是遠水又解不了近渴。張飛一聽，心裡委屈。

馬超之勇，天下皆知，渭橋六戰，殺得曹操割鬚棄袍，幾乎喪命，非等閒之人。

我要是勝不得馬超，甘願受軍法處置！

張飛迎戰馬超，只見對方軍馬中，馬超縱騎持槍而出。他獅盔獸帶，銀甲白袍。劉備在城上看到，不由讚嘆：「人言錦馬超，名不虛傳！」

你可認得燕人張飛？

我家厯世公爵，怎麼會認識你這樣的山野村夫？

張飛大怒。兩馬齊出，二槍並舉。約戰百餘合，不分勝負。觀戰的劉備不住地點頭誇讚，但他生怕張飛有什麼閃失，趕緊命令鳴金收兵。

沒人怕你！

我這邊有事，處理完再戰。

張飛回到陣中休息一會，不用頭盔，直接裹了包巾上馬，又趕到陣前找馬超。馬超毫不懼怕，二人又鬥了一百多個回合，不分勝負。劉備一看，二虎相爭必有一傷，趕緊再命收兵。

有本事我們再來。

馬超，我大哥救了你！不然非弄死你！

這時候天色已經晚了，劉備對張飛說：「二弟，馬超英勇，不可輕敵。養足精神明天再打吧。」張飛殺得起勁，不肯甘休。馬超此時也換了馬，再出陣前，大叫：「張飛！敢夜戰嗎？」張飛性起，跟劉備換了坐下馬，搶出陣來。兩軍吶喊，點起千百火把，照耀如同白日。

我勝你不得，誓不回寨！

我捉你不得，誓不上關！

兩個人在陣前鏖戰。到二十餘合，馬超撥回馬便走。原來馬超見贏不得張飛，心生一計：詐敗佯輸，看張飛趕來，暗掣銅錘在手，扭回身覷著張飛便打。張飛見馬超走，心中也提防；馬超的銅錘打來時，張飛一閃，從耳朵邊過去。張飛便勒回馬走時，馬超卻又趕來。張飛帶住馬，拈弓搭箭，回射馬超；馬超也靈巧閃過。

第二天，張飛打上了癮，還想去找馬超大戰。這個時候諸葛亮來了。劉備在心裡早已經喜歡上馬超，聽諸葛亮有妙計，心下歡喜。諸葛亮聽說張魯手下謀士楊松喜歡錢。當下決定用錢買通他，有時候戰爭是要花錢的。

我們賄賂楊松，叫他勸張魯把馬超收回去，借機用計謀招降馬超。

花錢沒有問題。

我覺得能動手我們就盡量別花錢。我們的錢也不是大風刮來的。

諸葛亮這個計策果然奏效，楊松受了好處，勸說張魯，還說劉備也答應給張魯好處。這兩個糊塗蛋下令馬超趕緊收兵。馬超哪裡肯聽，幾番拒絕命令，就是要跟張飛血戰到底。楊松做醋能酸，做醬能鹹，他可是拿了劉備的錢銀，於是裡挑外撅（ㄐㄩㄝ），煽風點火，弄得張魯不信任馬超，馬超這回是進退不得了。

這小子的意思是要取西川，自為蜀主，沒把別人看在眼裡。

楊松

馬超這是要造反？怎麼這麼不聽話？

這是什麼事啊？我圖什麼啊？

諸葛亮暗喜，這個時候正是勸說馬超的關鍵時刻。於是，劉備派人去說服馬超。劉備派去說和的人叫李恢，李恢一來，馬超就開始戒備了，吩咐二十個刀斧手在帳下埋伏。馬超囑咐：「我說砍，你們就把他剁成肉醬。」

不過一會兒，李恢昂首而入。馬超端坐帳中不動，責問李恢幹嘛來了。李恢笑了，說你與曹操有殺父之仇，跟隴西又有切齒之恨。前不能救劉璋而退荊州之兵，後不能制楊松而見張魯之面；眼下四海難容，一身無主。我的天啊，你真是好可憐啊。

一番話說得馬超很是傷心。

劉皇叔禮賢下士，你得去投靠他。你忘了，你們老馬家曾經跟劉備商量一起收拾曹操的事？你們一直都是一夥的啊！

對啊。我跟張飛打什麼勁啊？

於是，馬超歸降劉備，劉備再添一員虎將，兵馬可謂羽翼豐滿。

我還沒打夠呢。

不打了，一起去打外人吧。

劉璋知道抵擋不住，決計投降。劉璋出城投降。劉備
親自出寨迎接，流著眼淚表示，不是我不仁不義啊，
時勢發展到這個階段，只能這樣了。

劉備率軍進入成都，百姓香花燈燭，迎門而接。自
此，劉備吞併西川，奠定基業。三足鼎立的態勢正式
形成，三國演義的故事更加精彩熱鬧了。

歷史上有沒有五虎上將？

　　在小說《三國演義》裡，劉備帳下有五員猛將，分別是關羽、張飛、趙雲、馬超、黃忠。劉備占領漢中後，稱漢中王，冊封這五人為「五虎上將」。但我們翻閱史書會發現並沒有這段記載，不過，五虎上將其實有史可尋。

　　首先，《三國志》的作者陳壽誇讚關羽、張飛為「虎臣」，《三國志》記載：「關羽、張飛皆稱萬人之敵，為世虎臣。」其次，劉備占領漢中後，封關羽為前將軍，張飛為右將軍，馬超為左將軍，黃忠為後將軍，趙雲為中護軍，這五個人都是劉備帳下的猛將。最後，陳壽在寫《三國志》時，將關羽、張飛、馬超、黃忠、趙雲列為一傳，由此可以看出在史官眼中這五個人的地位是同等的。正是因為有了這些史料基礎，民間才演繹出了「五虎上將」的說法。

歷史上嚴顏有沒有投降張飛？

　　在小說《三國演義》中「義釋嚴顏」是張飛的精彩片段，張飛俘虜嚴顏後，嚴顏誓死不降，最終張飛用自己的義氣感化了老將嚴顏，在嚴顏的帶領下，張飛一路暢通無阻的殺向西川。這段故事在正史中也有記載，《三國志》作者陳壽曾誇讚張飛「義釋嚴顏，並有國士之風。」但正史和演義有一點出入，嚴顏誓死不降是真；張飛義釋嚴顏也是真，不過正史只記載了張飛尊奉嚴顏為座上賓，至於嚴顏究竟有沒有投降張飛，史料就沒有記載。

跟我這個四川人一起吃辣，你是自討苦吃！

老將軍，跟我一起吃香喝辣吧。

夠辣！

蜀道

　　蜀道是指四川巴蜀一帶的山道，但是天下這麼多道路，為什麼蜀道偏偏這麼出名？巴蜀地區道路崎嶇，高山峻嶺，被稱為巴蜀天險，從古至今都是一條非常難走的道路。為了方便在巴蜀山路上通行，人們就在懸崖峭壁上修了一條山路。這條由長安通往蜀地的道路，是古代出入巴蜀的必經之路，因此被稱為「蜀道」。

　　在中國歷史上發生過很多關於「蜀道」的故事。在楚漢時間，項羽滅秦之後封劉邦為漢王，屯兵巴蜀漢中一帶，劉邦為了表示自己沒有與項羽爭天下的野心，索性將蜀道燒毀。後來劉邦反擊項羽時，大將軍韓信故意明修蜀道，迷惑對方，卻暗中繞道奔襲陳倉，取得勝利，這正是成語「明修棧道，暗度陳倉」的來歷。

又迷路了，蜀道該怎麼走呀？

主公別慌，我有活點地圖。

到了三國時期，劉備入蜀攻擊劉璋時，最頭疼的事情就是如何翻越蜀道。於是劉備和劉璋部下張松結交，張松將蜀中的地形圖都交給劉備，劉備這才有了入蜀的信心。《三國志注》引《吳書》記載：「張松等具言之，又畫地圖山川處所，由是盡知益州虛實也。」這也是小說《三國演義》裡「張松獻圖」的故事原型。

　　到了唐代，大詩人李白漫遊巴蜀又寫下了千古絕唱《蜀道難》，全詩開篇第一句就是：「蜀道之難，難於上青天」，能讓大詩人發出這樣的感嘆，由此可見蜀道是真的難走。所以中國西南的蜀道和東南的長江，在古代被視為兩大「天險」。

　　隨著現代科學技術的發展，寬闊通暢的大路打通蜀道，人們不用再走驚險無比的棧道出蜀入蜀。但關於蜀道的文學、歷史，以及諸多遺址，已經成為中華民族的文化瑰寶，一直流傳下去。

正氣歌
（節選）

天地有正氣，雜然賦流形。下則為河嶽，上則為日星。於人曰浩
然，沛乎塞蒼冥。皇路當清夷，含和吐明庭、
……
為嚴將軍頭，為嵇侍中血。為張睢陽齒，為顏常山舌。
……

　　這首《正氣歌》的作者是宋代愛國詩人文天祥。宋朝滅亡
後，文天祥組織義軍抵抗元軍，兵敗被俘，被囚禁在元大都的
監獄裡。元朝統治者數次來勸降，對文天祥軟硬兼施，威逼利
誘，但文天祥都大義凜然地拒絕。

頭可斷，血可流，
堅決不做亡國奴。

　　為了表明心跡，文天祥在獄中寫下《正氣歌》。全詩風格
悲壯，感人至深。一唱三嘆、直抒胸臆，表現了文天祥的民族
氣節與忠義精神。在這首詩中，文天祥引用古代大量仁人志士
的典故，比如那句「為嚴將軍頭」，說的就是三國時期，嚴顏
被張飛俘虜之後，張飛勸降，嚴顏卻大罵：「我們這裡只有斷
頭將軍，沒有投降將軍。」文天祥引用嚴顏的典故，就是為了
表明自己頭可斷，血可流，但堅決不投降的志向。

單刀赴會

諸葛瑾索荊州

接下來的故事發生在荊州。荊州，古稱「江陵」，是春秋戰國時楚國都城所在地。荊州建城歷史長達 2600 多年，是楚文化的發祥地和三國文化的中心。三國時期，荊州爲群雄逐鹿之地。

荊州不是一塊省心的地，爲了這塊地，劉備和孫權是鬥智鬥勇，上演一齣又一齣的好戲。劉備在諸葛亮的幫助下，想盡辦法阻撓東吳取得荊州城。

眼下守衛荊州的將領是關羽。關羽聽說張飛跟馬超惡
鬥，難分輸贏，關羽心裡有些想法。他寫了封書信，
叫關平拿去見劉備。

參，信的內容是什麼？

我要去跟馬超比試武
藝！他欺負我二弟，
就是跟我過不去！

今公受任守荊州，
不為不重；倘一入川，
若荊州有失。那可
怎麼辦？

要說這諸葛亮也真夠操心。荊州那麼
重要，怎麼能隨便叫關羽離開？於是
他趕緊寫了回信，叫關平捎回去。
關羽接到諸葛亮的書信以後，心裡挺
舒坦。諸葛亮在書信中充分肯定他的
武功本領，而馬超的武藝根本不能
相提並論。關羽笑著說：「要問
我心裡想什麼？軍師最懂我
的心！」

什麼意思？

參這樣做，
體現了爹的價值，還把
那馬超嚇一跳。

卻說東吳孫權得知劉備吞併西川，收拾了劉璋，趕緊
召集謀士們商量對策。

好借好還，再借不難。你說這劉備怎麼這麼無賴？
當初說取了西川就把荊州還給我。

主公，我們才剛安寧下來，不可動兵。
我倒是有一計，叫劉備把荊州雙手奉還。

劉備現在這麼囂張，他靠的是誰？

諸葛亮啊！

諸葛亮的弟弟諸葛瑾就在我們東吳就
職。我們把諸葛瑾的家眷給扣押，叫
諸葛瑾去找諸葛亮討說法去。

孫權大喜，趕緊把諸葛瑾找來。諸葛瑾不知道發生了
什麼事情，聽孫權的召喚前來聽訓。

我們騙一騙
劉備那大耳賊。

沒有問題，
我即刻動身。

諸葛瑾回家跟家眷說明這是配合組織的工作，叫大家放心，務必全力配合，之後孫權派人控制住諸葛瑾的家，諸葛瑾則即刻動身去見劉備和諸葛亮。這邊諸葛瑾才動身，那邊就有人通報劉備。劉備一聽諸葛瑾要來，心想他絕不是來見親戚的，因此趕緊去找諸葛亮商議對策。

兩個人商量好怎麼對付諸葛瑾後，諸葛亮出城迎接哥哥。為了方便說話，沒招待他到家裡，而是直接找旅館住下。

諸葛瑾很快進入角色。諸葛亮心裡暗想，哥哥是影帝
級別啊，馬上就開始表演了。諸葛亮趕緊問他，這樣
哭是不是爲了荊州的事情。

哥哥，荊州還給他
不就完事了嗎？

這事辦得挺好啊，
我隨便哭一下，馬
上就打動弟弟。

孫權既以妹嫁我，
卻乘我不在荊州，竟將妹子
偷著給領走了，破壞我夫妻
感情，情理難容！我正要大
起川兵，殺下江南，報我
之恨，他還想要荊州！

諸葛亮立刻答應哥哥一起
去找劉備討說法，把荊州
還給人家孫權。兩人見到
劉備以後，把孫權的書信
呈上去。劉備打開書信，
看完卻發起火來。

弟弟，你看怎麼辦？

諸葛瑾求救般看著諸葛亮，這時諸葛亮突然哭拜於地，請求劉備看在自己面子上把荊州還給孫權，不然哥哥一家可就慘遭屠戮了。這諸葛亮哭起來也很唯妙唯肖，劉備就算是鐵打的心腸也被感動。劉備答應先把長沙、零陵和桂陽三地交出去。

哎呀，哭得我心煩。這是文書，你去找關羽要地。他脾氣不好，你到那裡得好好商量。

主公看在我們兄弟之情上，網開一面吧！

諸葛瑾拿到劉備的文書，心裡像喝了蜂蜜一樣甜。這哭戲總算沒白演，要回來三郡也行。諸葛瑾辭別劉備和諸葛亮，風塵僕僕奔赴荊州。

弟弟，後會有期！

哥哥保重！

諸葛瑾到了荊州，見到關羽。關羽很敬重諸葛瑾，以禮相待。諸葛瑾心裡著急，趕緊掏出劉備的文書，要把三郡收回。

我和大哥桃園結義，共同匡扶漢室。荊州是大漢疆土，怎麼能夠隨便送人？

你大哥出具了文書，要你歸還。

你們要是不歸還荊州，那孫權可要殺我全家了。

諸葛瑾，這是你跟孫權一起使的計策，你當我是傻瓜？

再說，殺你全家，關我何事？

諸葛瑾被揭穿謊言，面子掛不住。他正想再指責關羽，不料關羽突然拔出寶劍。

爹爹息怒，你得看在軍師的面子。

你再敢囉唆一個字，殺無赦！

諸葛瑾心裡氣極了。不過看關羽那樣子，他是真的不能再說一個字了。這暴躁的脾氣真是無人能比。諸葛瑾心想，你連諸葛亮和劉備的決定都敢不執行，看我告狀去。

可惡，以為我治不了你？

諸葛瑾急急忙忙來到諸葛亮府門，家僕告訴他諸葛亮出巡去了。問多長時間能夠回來，家僕稟告說不知道，有時候一個月，有時候半年也說不定。

這麼長時間可等不了。

諸葛瑾又去見劉備，哭著說關羽不但不交還三郡，還不講道理要殺人，甚至不聽您的話，說什麼將在外，自己說了算。他這是自己要單飛的節奏啊！

二弟就這脾氣。你先回去，等我取了東川和漢中諸郡，我把關羽調過去，那時候荊州那邊你就可以去收了。

諸葛瑾的鼻子都快氣歪了。你自己的二弟都管不了，又往後推遲，那得推到猴年馬月啊？

事情就是這麼個事情，情況就是這麼個情況。

諸葛瑾只好回到東吳見孫權，交代事情的來龍去脈。孫權一聽，猜測是諸葛亮搞的鬼。諸葛瑾說不可能啊，我弟弟哭得鼻涕一把眼淚一把的，劉備也答應了，就是那個可惡的關羽不肯配合。

其實諸葛亮壓根就沒出去巡查，他和劉備此時正在喝酒呢。

既然劉備答應先給三郡，孫權就派出差官前去三郡上任。結果到那裡以後，三郡差官都被關羽揍個鼻青臉腫地回來。

孫權氣壞了，趕緊叫人把魯肅找來。魯肅得知諸葛瑾無功而返後一直躲著，生怕孫權再追究自己的責任。但是，越怕什麼就越是來什麼，孫權召見，魯肅只好硬著頭皮前來。

✤ 關雲長單刀赴會 ✤

孫權正在喝茶，聽魯肅這麼說，一下子噴出來。

> 我妹妹都跑回來了，劉備跟我不是親家了。你趕緊想辦法，把荊州給我要回來。

魯肅思索一會兒，還真有了好辦法。我們擺上宴席，請關羽來赴宴喝酒。關羽一來，我們在喝酒的時候說這件事，他要是還地，我們就不難爲他；他要是耍流氓，就讓埋伏的刀斧手宰了他。魯肅在孫權的不斷催促下趕緊執行任務，回到陸口召集呂蒙和甘寧商議對策。

> 我們設宴在陸口寨外臨江亭上，專等關羽前來。你們不用客氣。

> 放心吧，我抓腿。

> 我壓脖，一定制服他。

213

當下魯肅修書一封，選帳下能言快語的人為信使，登舟渡江，前去請關羽赴宴。

使者在江口被關平截住。

什麼人？

請你爹喝酒的人！

關平引使者見關羽。關羽看了書信很高興，告訴使者：「魯肅請我喝酒，我明天就去赴宴。你回去跟他說把酒熱好，多準備一點醬牛肉。」

早就準備好了，就等將軍前來。

使者剛走，關平馬上跟關羽說，那魯肅找你喝酒一定沒好事，千萬不能去啊。

他們這是跟我要三郡。我去，我還要單刀赴宴，看他能夠把我怎麼樣？

既然知道沒好事，那就別去啊！

關平苦勸，叫關羽別前去赴宴。馬良也說這次非比尋常，他們是黃鼠狼給雞拜年，沒安好心。

我在千軍萬馬當中都無所畏懼，還怕區區東吳幾個鼠輩？當年趙人藺相如在澠池會上，一人面對秦國也面不改色。我關羽得向人家學習。

馬良見關羽眞要去赴宴，提醒他做好準備。關羽叫關平選快船十隻，藏水軍五百，在江上等候接應。

爹爹放心。

使者回來跟魯肅一說，人家關羽滿口答應，明天準時到。魯肅大喜。

這一晚上魯肅也沒睡好，他在腦子裡開始預演一遍。第二天，魯肅到岸口遙望。不一會兒，見江面上駛過來一艘船，梢公水手數人，一面紅旗，顯出一個大「關」字來。船漸近岸，見雲長青巾綠袍，坐於船上；旁邊周倉捧著大刀。

魯肅心裡有鬼，昨天晚上預演的場面全亂了。兩個人敘舊後到酒席喝酒，互相舉杯勸酒。魯肅不敢抬頭看關羽，而關羽卻鎮定自若，頻頻舉杯。

老魯，你喝啊！乾了，留著杯底養魚啊？

喝了一小段時間，魯肅趕緊說正事。

將軍，原來皇叔借荊州，是我擔保的。他說取了西川以後就還給我們，你看現在……

哎呀，你怎麼這麼囉唆。今天喝酒，說那陳芝麻爛穀子的事幹什麼？

魯肅哭笑不得；關羽只顧喝酒吃菜。

你這菜有點淡啊，加點鹽才好呢。還是喝酒吧！這酒還行，多少度啊？

多少度不要緊，將軍，人家劉皇叔都答應先給三郡了，你把著不交地，不好吧？

關羽只管喝酒，跟魯肅打啞謎。

將軍，你再不還我三郡，我都火燒眉毛了。

你看你說喝酒，卻老講這件事。我們等哪天有時間再說。

魯肅急了，說：「將軍，我們今天就得把事情說明白。」關羽一聽不高興了，把酒杯一放，對魯肅說：「那是我大哥的事，我不管。他沒跟我說把三郡割讓給你們。」

不能耍無賴啊！這樣傳出去，天下人都恥笑你們。

恥笑不也是恥笑我大哥嗎？關我什麼事啊？

關羽還沒回答呢，台階下的周倉忍不住搭話：「天下土地，哪裡寫著是你東吳的？有能耐的話你回答我。」

大人在這喝酒呢，你小孩子家的多嘴多舌。把刀給我，你給我滾！

好，我馬不停蹄地滾！

周倉一走，關羽拎著大刀在那繼續喝酒。刀斧手也不敢出來啊，關羽距離魯肅太近了，這一刀下去，後果不堪設想。

那周倉出去以後，在岸口紅旗一招，關平船如箭發，奔過江東而來。

關羽一手提刀，一手挽住魯肅的胳膊，很親密的樣子。魯肅心裡可氣了

將軍你這是幹什麼？使這麼大的勁拽我，喝點酒就這樣。

刀斧手！看什麼？打包啊！

關羽晃晃蕩蕩地扶著魯肅走路，一
幫刀斧手拎著打好包的飯菜在後面
跟著。關羽帶著魯肅往江邊走。

你們的魚做得好，
別的菜有點淡。

將軍，你說荊
州能不能還？

這場面真夠滑稽，呂蒙和甘寧帶著本部兵馬，眼看著
關羽挾持魯肅來到江邊。

他連吃帶拿的，
我們上不上啊？

魯肅在他手裡呢！

關羽到了船邊，放下魯肅，禮貌地跟魯肅告別。魯肅
都懵了，看著關羽乘船而去。

菜不能太淡，
你得跟廚師說。

魯肅回去跟孫權一說，孫權氣得跳起來多高。

浪費工夫又浪費
酒菜啊！我看這根本不
是關羽一個人的主意，
分明是劉備那個大耳賊
在背後指使的。

歷史上，魯肅是「單刀赴會」嗎？

　　在小說《三國演義》裡，關羽為了和東吳談判荊州邊界問題，不懼龍潭虎穴，只帶一口刀和少數隨從就與東吳都督魯肅會面，這就是著名的「單刀赴會」。但我們翻閱史書會發現，當時「單刀赴會」的人不只有關羽，還有魯肅。

我平生最擅長的就是以一敵萬！

別激動，我也是一個人。

　　《三國志‧魯肅傳》記載：「魯肅邀關羽相見，各駐兵馬百步上，但諸將軍單刀俱會。」由此可知，這場聚會是由魯肅發起，關羽應邀，雙方都是「單刀赴會」。這次孫劉集團兩大人物碰面，是為了讓孫劉聯盟正常運作，一起對抗北方的曹操。魯肅展現出他超凡的政治眼光，關羽展現出他非凡的勇氣，兩人的舉動都值得讚賞。

歷史上究竟有沒有「周倉」這個人？

　　周倉是小說《三國演義》裡關羽的護衛，跟隨關羽出生入死，當他聞聽關羽死訊時還自刎而亡。因後世「關公文化」盛行，周倉也隨之封神。在關帝廟當中，關羽塑像兩邊都樹立著周倉與關平的神像，由此可見周倉的地位。

嘻嘻，跟著關公一起受大家的膜拜。

別驕傲，要低調。

　　但我們翻閱史書會發現，周倉這個人物並不見於歷史記載，連他的名字都是民間虛構的。不過在《三國志》中有一條記載，是說在「單刀赴會」時，魯肅指責關羽不還荊州，這時關羽身邊站出一名無名大漢，怒斥魯肅：「天下土地為有德者占領，怎麼能說荊州是你們東吳的？」有人認為，這位無名大漢就是周倉的歷史原型。

我不叫無名大漢，我叫周倉！

青龍偃月刀

青龍偃月刀在小說《三國演義》中是關羽的兵器。按小說中描述，青龍偃月刀約重十八公斤，又名冷豔鋸。

關羽用這把刀斬顏良誅文丑，過五關斬六將，斬殺了無雙名將。他死後，青龍偃月刀被東吳潘璋所得，後來關羽的兒子關興為父報仇殺了潘璋，奪回青龍偃月刀。因為青龍偃月刀和關羽的關係太過密切，所以後世也稱青龍偃月刀為關刀。在小說《水滸傳》中，自稱關羽後代的關勝就手持一把祖傳的青龍偃月刀。

騙人，你家祖先不用刀。

這是我祖傳的寶刀。

說了這麼多，其實都是民間演義，歷史上關羽可能並沒有使用過青龍偃月刀。

　　首先，正史中沒有記載關羽使用什麼兵器，另外《三國志·關羽傳》記載「關羽望見顏良麾蓋，策馬刺顏良於萬眾之中，斬其首還。」這句話中描寫關羽殺顏良時用的是「刺」字，由此推測，關羽兵器可能是一把長矛，並不是大刀。

其實我的兵器是長矛。

　　其次，青龍偃月刀在三國時期還沒出現，最早關於青龍偃月刀的記載是在唐代，而且青龍偃月刀鑄造困難、成本昂貴又不便戰鬥，所以並不用於戰場實戰。歷史中，青龍偃月刀多用於儀仗隊的演武、陣列、閱兵等等。綜合這兩點，可知歷史上關羽不可能使用青龍偃月刀。

　　雖說演義小說有虛構的成分，但關羽手拿青龍偃月刀的描述，如今已經成為他在民間經典的形象之一，代表著武勇、剛正、與正義。

唉……中看不中用

單刀會·駐馬聽

> 水湧山疊，年少周郎何處也？不覺的灰飛煙滅！可憐黃蓋轉傷嗟，
> 破曹的檣櫓一時絕，鏖٭兵的江水猶然熱，好叫我情淒切。這也不
> 是江水，二十年流不盡的英雄血！
>
> 〔元〕關漢卿

在中國歷史上，每個時代都有代表的文學藝術形式，比如漢賦、唐詩、宋詞等等。到了元代，元雜劇誕生了。元雜劇又稱元曲，和唐詩、宋詞相比，它的表現形式更加靈活，融入故事性與戲曲性，以第一人稱視角為歷史人物編寫唱詞，可以更加貼近角色地表達思想感情。

〈單刀會〉就是元雜劇中的代表作，它取材於歷史上關羽「單刀赴會」的故事，這段〈駐馬聽〉就是關羽的唱詞，全詞形象生動，把滔滔江水比喻成燃燒的英雄血，將關羽睥٭睨٭天下的性格與忠肝義膽的精神表現得淋漓盡致。

關漢卿生活的時代，整個中國被蒙古貴族占領，漢族人淪為遺民，地位遠在蒙古人、色目人之下。由於連年戰爭，到處都是家破人亡、流離失所的慘狀，關漢卿創作這套元曲激發人們的愛國懷念，鼓舞大家學習關羽英雄氣概和不屈精神。

勇闖刀山火海！

第 8 章

定軍山

⚞ 請將須行激將法 ⚟

話說諸葛亮和劉備親自引兵十萬要謀取漢中。這時是建安二十三年秋天，老將黃忠和嚴顏剛打完勝仗，劉備給予嘉獎。

見黃忠欣然領命願往出征，諸葛亮提出不同意見。他趕緊阻止黃忠，說鎮守定軍山的夏侯淵可不同張郃，那是驍勇善戰的猛將。老將軍雖然也很厲害，但畢竟年齡不饒人啊。黃忠一聽諸葛亮這麼說，心裡不悅。

諸葛亮微微一笑說你要是想去，那就叫法正去輔助你，我隨後再派人接應。

軍師這是？

我得給老將軍澆點油，叫他把定軍山拿下！

這邊黃忠和法正率軍出發，諸葛亮叫趙雲帶著人馬接應。諸葛亮囑咐趙雲說如果黃忠得勝，你就不用出戰；如果黃忠有閃失，你就趕緊去救他。

軍師放心。

天蕩山被黃忠給奪去，於是張部來見夏侯淵，叫他速速稟告曹操早發精兵猛將前來策應，不然整個漢中可都叫劉備給得去了。夏侯淵馬上告知曹洪，曹洪披星戴月地前往許昌見曹操。

曹操一聽大吃一驚，馬上召集文武，商量發兵救漢中之急。

曹操傳令旨，起兵四十萬親征。這一年是建安二十三年秋七月。曹操兵分三路而進，前部先鋒夏侯惇，操自領中軍，使曹休押後，三軍陸續起行。操騎白馬金鞍，玉帶錦衣，很快，曹操的大軍就到了南鄭。曹洪出迎，把張郃打仗的事情說了一番。曹操問曹洪現在定軍山那邊戰況如何，曹洪說劉備派黃忠攻打定軍山，夏侯淵等著大王的兵馬呢，一直固守沒出戰。

那可不行，不出戰不是說明我們怕他們？劉備派兩個老頭就把我們嚇住了！

你閉嘴！

打他！

曹操當即給夏侯淵寫了封書信，督促他出戰。使者拿著書信，飛報夏侯淵。夏侯淵要出戰，張郃勸說：那黃忠別看老邁，他可是謀勇兼備，再說還有法正相助，那傢伙的鬼點子不少。我們就守著，這裡山路險峻，他黃忠根本占不著便宜。

老這麼守著，怎麼建功立業？魏王寫信叫我壓力山大啊！

夏侯淵命令夏侯尚出去與黃忠交戰，只准敗，不能
贏，這是他們的計謀。夏侯尚領命，率領三千軍馬離
定軍山往前行進。

卻說黃忠與法正引兵屯於定軍山口，屢次出去挑戰，
這夏侯淵就是堅守不出。想要進攻吧，這山路危險，
不好攻打。

反客為主

這天突然有人報告，山上曹兵下來挑戰了。黃忠趕緊引軍出迎。手下的大將陳式請戰，黃忠撥給他精兵一千，在山口列陣。夏侯尚兵馬趕到，雙方戰在一起，戰了一會兒，夏侯尚按照計畫假裝抵擋不住，撥馬便走。陳式隨後緊追，行到半路遇到埋伏，想撤退卻已經來不及。他被夏侯淵包圍，生擒回寨。

陳式手下士兵有人逃回去，向黃忠報告陳式被夏侯淵逮住，於是黃忠提刀出去挑戰。夏侯尚打敗陳式，有點驕傲自滿。

兩個人話不投機，戰在一處。這夏侯尚哪裡是黃忠的
對手，一個回合就被黃忠給活捉了。夏侯尚手下的兵
將一看，嚇得撒腿就跑。

這黃老頭果然厲害
啊！薑還是老的辣！

夏侯淵得知夏侯尚被活捉，趕緊派人去黃忠大寨談
判。夏侯淵說可以拿陳式換夏侯尚，彼此公平。

我們貨換貨，
兩家樂，怎麼樣？

成交！

第二天，兩軍都到山谷開闊的地方進行交換。兩軍列好陣勢，黃忠和夏侯淵各立馬本陣門旗之下。黃忠帶著夏侯尚，夏侯淵帶著陳式，兩個人都不能穿鎧甲，只准許穿著薄衣服。

一聲鼓響，陳式和夏侯尚都往自己的本陣跑。夏侯尚
快跑到陣門的時候，黃忠揚手一箭，那響箭正中夏侯
尚的後心。夏侯尚帶著這支箭跟跟蹌蹌地跑到夏侯淵
面前，「撲通」一聲倒地而亡。

啊，黃忠老賊，
你耍賴……

大哥，我完了！

夏侯淵大怒，催馬直取黃忠。黃忠也拍馬前進，兩將
戰了二十餘個回合，此時曹營內鳴金收兵。夏侯淵撥
馬而回，問爲什麼收兵，押陣官說山凹中蜀兵旗幡，
怕是伏兵。

這老黃忠啊，
太缺德了！

將軍，收兵啦！

黃忠占對山

夏侯淵又閉門不出，黃忠率軍逼到定軍山下，與法正視察地形。法正指著定軍山西面，那巍然挺立一座高山，四下都是險道。在這山頂可以看清楚定軍山上的情況。要是占領這座山，定軍山就沒有祕密可言了。

老將黃忠仰頭觀察這座山，山頭稍平，山上有些許人馬。夜裡二更，黃忠引軍鳴金擊鼓，直接殺上山頂。

這個山頭由夏侯淵的部將杜襲把守，山上只有數百餘人。平時也沒大事發生，所以這些兵士都很懈怠。

杜襲一看，哪來這麼多人啊？慌忙喊士兵來抵擋。轉眼一看，這幫士兵早跑得不見人影。

黃忠大隊衝殺上來，杜襲也跑了，黃忠輕而易舉得了
山頂。站在上面往定軍山一看，對面士兵幹什麼那是
一清二楚。夏侯淵晚上起床，剛走到茅房門口，就聽
對面山頂有人喊話。

夏侯淵，
你幹嘛去？

不對啊，
那不是我們的
山頭？

黃忠激怒了夏侯淵，此時法正給黃忠獻計，叫黃忠守在半山腰，法正在山頂吸引夏侯淵。只要夏侯淵兵馬一到，法正就舉白旗為號。黃忠按兵不動，等著夏侯淵他們沒勁，再一舉紅旗，將軍就一鼓作氣殺過去。黃忠大喜，聽從了法正的主意，趕緊在半山腰埋伏下來。

都不准暴露，一切聽從法正的指揮。

卻說光桿司令杜襲跑回定軍山，向夏侯淵說明了一番，說當時他帶領士兵是浴血奮戰啊，無奈黃忠太過凶殘，最後寡不敵眾，把山頭給丟了。

太狡猾了！使的都是見不得人的手段。

老奸巨猾的黃忠！

夏侯淵心想，黃忠占了對面山頭，這是嚴重的挑釁，
他決定出戰。張郃趕緊勸說，但不管怎麼勸說，夏侯
淵就是不聽，堅持出戰。

將軍，不可出戰，這
是法正的鬼主意！

管他什麼法正法歪，
我先把山頭奪回來，不
然我一去茅房，那黃忠
就罵街！

夏侯淵分兵圍住對面山頭，大罵並發起挑戰。

黃忠，你有本事下山
與我大戰三百回合！

法正在山頂看得很清楚，他叫人舉起白旗。黃忠在半山腰埋伏，聽夏侯淵的罵聲，氣得差點出去跟他打一架。但他見山頂舉白旗，知道是法正的信號，所以就忍著不出去。

我不聽不聽，叫他王八念經。

黃忠不出戰，夏侯淵心裡來氣。連個回嘴罵人的都沒有，夏侯淵更加暴躁。

看見沒，這小子瘋了。快上當了。

好，讓他先罵。

午時以後，法正稍事觀察，看見夏侯淵的兵馬罵得累了，銳氣也沒了，渾身沒勁，有的還下馬歇息，法正覺得時機來了。

他們這就是找死啊！

罵不動了！

法正舉起紅旗，頓時山上紅旗招展，鼓角齊鳴，喊聲大震。早就憋著一股勁的黃忠上馬飛衝下來，兵將一個個銳不可當，猛虎下山般衝殺。

殺啊！

夏侯淵倉促上馬，拿著兵器剛要抵抗，黃忠的戰馬像
一支箭一樣，瞬間到了眼前。
夏侯淵可不是等閒之輩啊，但是現在他措手不及，還
沒舉起兵器，就被黃忠一刀連頭帶肩膀砍爲兩段。

看刀！

這麼快？

曹兵見夏侯淵被黃忠砍死，嚇得魂飛魄散，各自逃生。兵退如山倒，黃忠趁勢掩殺，曹軍失去戰鬥力。

黃忠乘勢去奪定軍山，張郃領兵來迎。黃忠與陳式兩下夾攻，混殺一陣，張郃敗走。

趙雲據漢水

張郃正在逃竄，山旁閃出一幫人馬，為首一員大將是常山趙雲趙子龍。張郃一看，這仗是沒辦法打了。

張郃直奔定軍山而逃，半路上遇到杜襲。

什麼情況？你怎麼不看著定軍山？

還看什麼？定軍山被他們奪去了。

你怎麼回事，哪座山你都守不住？

你別說我，你也是到處吃敗仗。

張郃帶兵狂逃到漢水紮營，趕緊叫人飛報曹操。

就說我軍拚死殺敵，無奈那黃忠老傢伙喪心病狂，刀劈夏侯淵……

該說什麼？

曹操悲痛欲絕，發誓要抓住黃忠給夏侯淵報仇雪恨。於是，曹操親自統率大軍，叫徐晃爲先鋒，直奔定軍山而來。看來一場惡戰在所難免，定軍山籠罩在一片腥風血雨之中。

歷史上的黃忠到底幾歲？

在小說《三國演義》中，黃忠是一副老將軍的形象；在京劇裡，黃忠的扮相也屬於老生。另外，民間有歇後語「黃忠斬將，老當益壯」，從中都能看出大眾對黃忠的「老將」印象。那麼，歷史上的黃忠真的很老嗎？其實《三國志》中只記載了黃忠在西元 220 年去世，但沒有說他在哪一年出生，更沒有記載黃忠的年齡。

我的年齡是個謎，快來猜猜。

後世之所以將黃忠刻畫成老將，可能和關羽的一句話有關。《三國志・費詩傳》記載：「先主為漢中王，遣詩拜關羽為前將軍，羽聞黃忠為後將軍，關羽怒曰：『大丈夫終不與老兵同列！』」這段記載中，關羽嫌棄黃忠為「老兵」，不願和他為伍。

但「老兵」不代表「老人」，可能是因為關羽看不上黃忠底層出身的身分才出言譏諷。在古代，年齡超過 40 歲就會被稱老。所以用現代眼光來看，黃忠跟隨劉備時，很有可能還是一位年富力強的壯年好漢。

人家其實是個猛男。

黃忠真的是神射手嗎？

　　小說《三國演義》裡的黃忠是一位神射手，而小說原文更描寫他「開二石弓，百發百中」。在長沙之戰時，黃忠更是射中的關羽的頭盔，因為手下留情才沒有要關二爺的命。但我們翻閱史書會發現，黃忠並不擅長射箭。《三國志》中提到兩位有名的神射手另有其人，分別是呂布和太史慈。呂布「便弓馬，膂力過人，號為飛將」；太史慈「猿臂善射，弦不虛發」。

　　那麼黃忠又是如何成為神射手的？在《三國演義》裡，關羽用刀，張飛用矛，趙雲用槍，都是近戰武器，可能是作者羅貫中希望蜀漢的人才更加完整，於是就將黃忠描寫為善射。歷史上的黃忠雖不擅長射箭，但同樣勇猛。《三國志》作者陳壽評價黃忠「常先登陷陣，勇毅冠三軍」。看來歷史上的黃將軍是一位衝鋒陷陣的猛將。

定軍山

　　定軍山位於陝西省漢中市勉縣城南五公里處，三國時期著名的「定軍山之戰」就發生在這裡。蜀漢大將黃忠在定軍山斬殺曹魏大將夏侯淵，使定軍山天下聞名。定軍山之所以能稱為三國聖地還有一個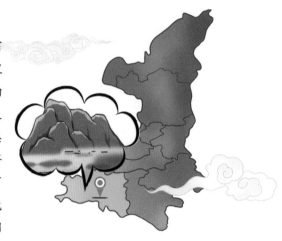原因，那就是蜀漢丞相諸葛亮去世後也葬在定軍山。

　　《三國志·諸葛亮傳》記載「亮遺命葬漢中定軍山，因山為墳。」定軍山的地理位置十分重要，有「得定軍山則得漢中，得漢中則定天下」之美譽。諸葛亮死後將自己的墓址選在定軍山，寄託著希望天下早日統一，四海昇平的美好願望。

我要埋葬在這裡，看到天下早日安定。

到了清末，現代電影技術傳入中國，又給「定軍山」增添一分新的歷史意義。譚鑫培是清末時期著名的京劇演員，有「伶界大王」之美稱。1905 年，距離世界第一部電影《火車進站》的誕生已經過了十年，北京豐泰照相館老闆任慶泰突發靈感，想要拍攝一部中國人自己製作的電影，於是邀請譚鑫培來拍攝一部短片。

　　該短片取材於《三國演義》第 70 和 71 回定軍山之戰的故事。此時適逢譚鑫培 60 壽辰，他擅長唱老生，當仁不讓地演起老黃忠。就在這種種機緣下，中國第一部電影《定軍山》誕生了。現代電影科學技術，讓古老的三國故事散發出新的藝術魅力。

雖然我不是三國上最厲害的武將，但卻是中國電影第一人。

永遇樂・京口北固亭懷古

千古江山，英雄無覓孫仲謀處。舞榭歌台，風流總被雨打風吹去。斜陽草樹，尋常巷陌，人道寄奴曾住。想當年，金戈鐵馬，氣吞萬里如虎。

元嘉草草，封狼居胥，贏得倉皇北顧。四十三年，望中猶記，烽火揚州路。可堪回首，佛狸祠下，一片神鴉社鼓。憑誰問：廉頗老矣，尚能飯否？

〔宋〕辛棄疾

辛棄疾是宋代著名的愛國詞人，這一天他登上京口北固亭，看到壯麗的大好河山，聯想到古代的孫權、劉裕等英雄虎視中原，力爭北伐的壯舉。但在現實中，由於南宋朝廷主和派的阻撓，辛棄疾的北伐主張難以實現。

全詞結尾處，辛棄疾發出「廉頗老矣，尚能飯否」的感嘆。在民間，廉頗和黃忠都是著名的「老將」代表，據史料記載，廉頗到老年還一心想為趙國效力，但得罪了趙王的親信郭開，郭開因此在趙王面前進獻讒言，使趙王誤以為廉頗年老力衰，於是取消啟用廉頗的念頭。

中國歷史上，有無數「窮且益堅，老當益壯」之人，他們的夢想雖然沒有實現，但他們的精神感染著無數後人，激勵中華民族勇敢邁步前行，這也是民間尊崇如廉頗、黃忠這些老將的意義所在。

老當益壯，戰無不勝。